# REAKSIE OP DIE EERSTE OPLAAG

"'n Eerste in Afrikaans. 'n Veelvlakkige verhaal oor die verwikkelde verhouding tussen regsverteenwoordiger en kliënt. Wie is die held en wie die rampokker in die nes spinnerak waarin die waarheid toegespin word, is deel van die speurtog."
*Charles Smith — Media24*

"Die moorde op drie advokate en 'n voortspruitende siviele eis vorm die basis van hierdie roman, maar, soos 'n bybelse gelykenis, word storievertelling aangewend om beginsels oor te dra. Die fokus is op die regstelsel; daar is geen helde nie en die rolspelers word objektief en realisties uitgebeeld. Die hoogtepunt van die roman is ongetwyfeld die toeganklike wyse waarop die argumente aan die (nie-regsgekwalifiseerde) leser oorgedra word, vervat in 'n spannende, interessante fiktiewe hofsaak met 'n verrassende ontknoping. Die roman is baie meer as geykte kritiek; sinvolle voorstelle oor hoe om die stelsel te verbeter word vernuftig by die storielyn ingewerk. Ek beveel die roman baie sterk aan. Mag diegene wat dit lees daarna meer begrip hê vir die uitdagings van amptenare in die stelsel wat desperaat uitroep: 'Ons is nie almal só nie!'"
*Anschen Conradie — Uitdieperdsebek*

"'n Uitstekende stuk skryfwerk wat vanaf die eerste paragraaf lekker en boeiend lees. Die Afrikaans is suiwer en word só ingespan dat dit respek en bewondering afdwing met die lees en herlees daarvan."
*Fanie Vermaak — oud-landdros*

"Wat 'n prestasie. Ek hoop jy skuif vinnig op na die top drie."
*Ellen Pike, na aanleiding van Graffiti Boeke se topverkopers vir Januarie 2021.*

"Jou boek gee geweldig baie stof tot nadenke."
*Lizma van Zyl — joernalis*

"Cum laude-skryfvernuf."
*Juanita Venter*

# XOV
# KRUISONDERVRAGING

HERBERT RAUBENHEIMER

Tweede drukoplaag, 2021

ISBN: 978-1-77605-687-3
E-boek: 978-1-77605-686-6

Teksuitleg: Janet Von Kleist-Klein

www.kwartspublishers.co.za

_____

Kontak skrywer:
herbertraub1@gmail.com

## Opgedra aan:

*Pieter Verster*

Wat op 31 Oktober 2017 in sy huis
in Stellenbosch vermoor is.

Geen arrestasies is tot dusver uitgevoer nie.

# VOORWOORD

Getuies wag gewoonlik nie vir hulle wat notas moet neem in ons howe nie. Gevolglik is afkortings noodsaaklik. "Kruis-ondervraging" het 'n verrassende verskeidenheid soentjies gekry. Dit wissel van X, XV, XX, XeX en ander. Dekades ge-lede het myne XOV geword vir seker die belangrikste stuk gereedskap in die hof om nader aan die waarheid te kom.

My dank aan Benita, my gade, en aan Helen Champanis, my tikster, vir jul ongelooflike ondersteuning. My dank ook aan Max Southgate, die graffiti kunstenaar vir die voorblad (die hof se mure is ongeskonde gelaat) en aan die vriendelike diens van Llewellyn van der Merwe van AD Legal Bureau, oorkant die straat.

# DRAMATIS PERSONAE

Regter Norman Smuts

Regter Stephen Ishmael

Advokaat Edward Cross en Martie Cross

Advokaat Rodney Binge (vir Evans)

Advokaat Klaus Erasmus (RIV) en Charlotte Erasmus

Advokaat Archie Bembe (RIV) en Sylvia Bembe

Advokaat Fred Cohen (RIV) en Elaine Cohen

Andrew Evans

Anita Klomp

Eleanor Smith

Vaatjie en Santie Smith

Professor Almero Beukes

Luitenant-kolonel Sykes Vermeulen

Luitenant-kolonel Max Kriegler

Demetri Cavallas

Louis Bennard

Flippie Polivnick

Danie Nortjé

# DEEL EEN

*Vir dié wat lus het om te draai*
*Wil ek maar net een woordjie raai.*
*Gedenk aan Klaas Geswind syn perd*
*En vraag jouself: waar is haar stert?*

Francis William Rcitz
Hoofregter O.V.S.
1876–1889

# 1

Dame Justitia, die eens mooie beeld van geregtigheid, frons.

Haar swaard, weegskaal en blinddoek het hul impak en funksie verloor.

Die swaard het stadig en stomp geword. Die weegskaal kantel weg van ewewigtigheid. Die blinddoek wat onpartydigheid moet illustreer, lyk soos 'n Covid-19-masker wat ongemaklik geskuif het.

Sy voel, kennelik, skaam.

# 2

Die Universiteit Boland se finalejaarstudente is opgewonde. Die lesingsaal is stampvol. Die dekaan en dosente van die regsfakulteit sit voor en lyk trots en gemoedelik. Almal sien uit na professor Almero Beukes se toespraak. Hy woon nou reeds 'n paar jaar op Molteno. Hy word verwelkom deur die dekaan en aan die woord gestel.

Statig en stram neem die hoogleraar stelling in by die kateder.

"Goeie naand, dames en here. Dit is aangenaam om weer te midde van my oudkollegas te wees. Ek kan julle opgewondenheid aanvoel. Julle is gretig om jul bydrae daar buite te gaan lewer tot ons regspleging. Julle wil geregtigheid gaan soek. Julle wil jul hard verkreë kennis gaan toepas. Julle voel en lyk skerp, slim en ywerig."

Die studente voel geëerd. Nóg 'n mylpaal is behaal. Die laataande swot word uiteindelik met iets meer konkreet beloon. Die eksamen is agter die rug. Hopelik is die volgende formaliteit hul gradeplegtigheid. Die prof se volgende woorde kom egter as 'n demper. Hulle opgewondenheid huiwer.

"Mag ek julle gretigheid blus en in perspektief bring. My voorspelling is dat die meeste van julle teleurgesteld gaan wees met wat julle daar buite gaan aantref."

Dit tref die klas onverwags. Stil wag hulle op wat mag volg.

"Ons regstelsel is vol gebreke. Vol frustrasies. Ja, dit is oneffektief. 'n Voormalige regter van ons het dit met 'n ou Egiptiese piramiede vergelyk. Ons strafproseswet en ons strafprosesstelsel is argaïes en ontoereikend. Daar is 'n teorie dat die piramiede deur wesens in die ruimte gebou was. So is ons strafproseswet ook deur bouers van elders gebou. Dit is beslis nie 'n produk uit Afrika nie.

"Die fondasie van ons strafproseswet is te vinde in die 19de-eeuse Engelse reg. Soos in die piramiedes vind 'n mens lank reeds afgestorwe mummies daarin. Dooie en uitgediende beginsels toegedraai in lap.

"Ons bewysreg is geskoei op die aanvaarding van juriestelsels. Soos u weet is die juriestelsel reeds vir dekades nie meer deel van ons regstelsel nie. Ons piramiede is vol doodloopgange en ongebruikte kamers. Dit is soms nodig om na 'n Rosettasteen te soek om die hiërogliewe te ontsyfer.

"Beide ons strafproseswet en die piramiedes is oorontwerp. Elke kolossale piramiede was ontwerp as 'n grafkelder vir net één persoon. Ons strafproseswet is vol onnodige keermure. Alles druis in teen 'n eenvoudige, effektiewe en spoedige inkwisatoriese prosesstelsel.

"Soos julle weet steun ons prosesstelsel nie die inkwisatoriese of uitvra-stelsel nie, maar die akkusatoriese stelsel. Met ander woorde: 'n Beskuldigde sit tjoepstil en die staat moet bloot die swygende se skuld bo redelike twyfel bewys. Absurd, maar waar.

"Moet die vraag nie liewer wees: Wat het ons nóú en hiér nodig vir effektiwiteit, eerder as verouderde beginsels van toentertyd nie? Ja, julle sal vir my vra: Maar, professor, ons kan tog nie die wet verander nie? Dit is die funksie van die Wetgewer, is dit nie?

"Dis billike vrae. Mag iemand iewers die lig sien. Dit is ons almal se strewe om 'n grondwetlike en moreel aanvaarbare vertrekpunt te hê in ons regspleging, maar wat verg die krisis waarin ons land hom tans bevind tans? Misdaad wat aan die orde van die dag is. Skelms wat baljaar. Swak polisiewerk, duisende wat voortydig op parool vrygelaat word, howe wat jare neem om sake af te handel. Skuldiges wat vry uitstap."

Van die studente en dosente kyk vraend na mekaar. Die prof se drif is kommerwekkend.

"Waar lê die oplossing? Ons Grondwet bepaal dat 'n beskuldigde geregtig is op 'n billike verhoor. Daarmee gaan ek akkoord. Dit is egter die vertolking van wat 'n billike verhoor is, wat die probleem is.

"Kan daar ooit sprake van 'n billike verhoor wees wanneer 'n regter gemuilband word deur ons stelsel? Waarom mag 'n regter nie deelneem aan die proses en vrae vra om vas te stel waar die waarheid lê nie?

"Ons huidige akkusatoriese stelsel maak van die regter bloot 'n skeidsregter wat daar bo op 'n kas sit; uitgelewer aan twee kompeterende regspanne voor hom. Nie net die advokate vir die staat nie, maar ook die verdediging s'n wil ten alle koste wen. Aan die einde van die skermutseling moet die regter, ná betoë, die wenner aanwys.

"Die waarheid kom dalk nooit voor die hof nie, want die advokaat vir die verdediging kan sy kliënt adviseer om te swyg, en ook adviseer om nie te gaan getuig nie. Die beskuldigde word dus nooit kruisondervra nie en die regter mag nie waag om vrae direk aan die beskuldigde te stel nie. Dis die keermure waarna ek netnou verwys het.

"Sou die regter wel vrae vra, mag hy later op appèl geneem word en beskuldig word dat hy onreëlmatig gedaal het van sy kas af tot in die arena waar die strydende partye stoei. Dan, sê ons gesag, word die regter verblind deur die stof van die arena. Hy is dan nie, kamma, in staat om oop oë en onbevange te wees nie.

"Verstaan u my ongelukkigheid nou al beter? Ja, daar is 'n oplossing, maar dit word onverklaarbaar ignoreer deur ons wetgewer. Verskeie Europese lande pas nie hierdie argaïese akkusatoriese stelsel toe nie.

"Hulle oplossing is eenvoudig. Maak die regter, die verdediging én die staat één span. Die span se strewe is om die waarheid te vind. Dit word gedoen deurdat al drie lede van die span vrae mag vra, vandaar die woord inkwisatories. Eenvoudig, nè?

"Die woorde 'billike verhoor' in ons Grondwet beteken nie lang uitgerekte verhore waar elke jota en titel bewys moet word nie. Dit beteken eerder 'n spoedige, samewerkende, effektiewe en kostebesparende verhoor. Die nuttige kruisondervraging kan steeds ingespan word.

"Ondersoekende regters en landdroste kan reeds vroeg aan sake toegesê word om sodoende polisiewerk op te skerp. Op hierdie vlak kan ons baie verbeter.

"Wat gaan julle rol wees met ons huidige oneffektiewe stelsel?

"Vir my is 'n beskuldigde se swygreg 'n onding. Onthou, daar is geen plig op julle kliënt, die beskuldigde, om stil te bly nie. Laat jou kliënt se weergawe getoets word deur jou opponent se kruisondervraging."

Die dekaan loer na van die dosente en lig sy wenkbroue vraend. Professor Almero Beukes se standpunte is dikwels vergesog en ongefundeerd. Die dekaan wonder of dit wys was om hierdie kontroversiële man as spreker te nooi.

In effek beveel die hoogleraar nou vir toekomstige praktisyns aan om die ingewortelde en grondwetlike swygreg te ignoreer. Die professor dreun voort.

"Dit is swak taktiek om stil te bly. Dis verdag. Julle is beamptes van die hof, onthou dit. Moenie vir my sê dat 'n regter nie 'n nadelige afleiding mag maak van stilswye nie. In my ondervinding as assessor in die hof, skep dit 'n suspisie jeens 'n beskuldigde.

"Kom ek betrek julle meer met 'n stel feite waarop ek jul kommentaar wil hoor. Die beskuldigde verskyn op 'n klag van meineed. Hy het na bewering in 'n siviele saak onder eed 'n onwaarheid kwytgeraak.

"Tussen hakies, die Engelse woord, perjury, is nader aan die Latynse woord, periurium, synde meineed. In Hollands praat hulle van 'n valse eed.

"Nadat die staat se saak gesluit is, neem die advokaat vir die verdediging die punt dat die staat nie bewys het dat die beskuldigde die eed opgelê was by die siviele verhoor nie, en dat meineed derhalwe nie bewys is nie. U is die regter. Wat is u uitspraak?"

'n Paar gretige hande gaan op.

"Ja, die meneer in die agterste ry. U is eerste aan die woord."

"Professor, hierdie is 'n tipiese geval waar Artikel 174 van ons strafproseswet toepassing vind. Die staat het nagelaat om 'n belangrike element te bewys. Die beskuldigde is derhalwe geregtig op sy vryspraak. As regter sou ek die aansoek om ontslag toestaan."

"Hoeveel van julle stem saam hiermee?"

Meer as twintig hande gaan op.

"Is daar nog ander standpunte?"

'n Dame in die tweede ry steek haar hand op.

"U het die vloer."

"Professor, u feite is baie na aan die Hepworth-saak se feite. U het dit 'n bietjie aangepas. In daardie saak het regter Greenberg, as hof van eerste instansie, die getuie laat roep wat die eed aan Hepworth opgelê het in die siviele saak. Die regter het onder meer gesê dat daar nie in ons howe speletjies gespeel moet word nie aangesien dit van regspleging 'n klug sou maak om nie getuienis omtrent die insweer aan te hoor nie. Op appèl was regter Greenberg se optrede bevestig as korrek. Ek sou as regter derhalwe die getuie roep."

"Uitstekend. Dus 'n daadwerklike betrokkenheid van die voorsittende regter wat hom nie steur aan die tegnikaliteite nie. Kan u vir ons sê in watter jaar die Appèlhof so wys was?"

"Dis ongeveer 'n eeu gelede."

"Naby genoeg. 'n Pragtige illustrasie van 'n soeke na die waarheid. Dit is wat ek bepleit. Nou hoe en waar het ons die pad byster geraak deur met ons huidige akkusatoriese stelsel 'n beskuldigde in watte toe te draai? Waarom word die woord inkwisatories as 'n vloekwoord of oornuuskierigheid afgemaak?

"Waarom word die regter, hopelik 'n ervare juris, se mond gesnoer? Waarom hom degradeer tot 'n blote skeidsregter?"

Die dame aanvaar dat die salvo vrae tot haar gerig word en waag dapper 'n antwoord.

"Professor, ek sou sê die erosie het oor baie jare gebeur. Dit kom neer op 'n oorbeklemtoning van 'n beskuldigde se regte. Dis geskoei op 'n verkeerde interpretasie van die Grondwet se riglyn vir 'n billike verhoor. Ons sien daagliks die onaanvaarbare gevolge daarvan. Die publiek verloor vertroue in die effektiwiteit van ons regspleging. Daar is nie 'n dringende behoefte deur die politici om ons regstelsel en ons howe se funksionering weer op die regte spoor te plaas nie."

'n Paar spontane hoor-hoor's klink op in die lesinglokaal. Die hoogleraar glimlag breed en steek beide sy duime in die lug.

"Ek is saam met julle opgewonde. U is só reg. Die woord 'spoor' laat my dink aan ons land se eens effektiewe spoorwegstelsel. Oral in die land in klein dorpies was werksgeleenthede geskep vir spoorwegwerkers. Plattelandse skole het gedy.

"Toe kom iemand met die simpel idee van padvervoer. Spoorwegstasies moes sluit en het murasies geword. Tonne spoorstawe is gesteel. Dorpies het gekrimp en krepeer. Almal het die spoor byster geraak.

"Ons paaie kon nie die swaarvoertuie voldoende dra nie. Slaggate was aan die orde van die dag. As daar net die regte wil was by die politici, kan ons 'n ommekeer bewerkstellig. Ons moet net die regte lokomotiewe kry."

Die toehoorders skater van die lag.

"Eweso met ons regstelsel. Dit kan gered word. Júlle moet die ommekeer bewerkstellig. Gaan uit en wees kampvegters vir wat goed en reg is. Bestraf die slegte. Maak die verskil, ten alle koste. Dankie vir julle insette. Goeie nag."

'n Staande en energieke applous volg.

# 3

Die finalejaarstudente neem die Dros op horings. Die wyn vloei. Hulle voel geëmansipeerd, vry, volwasse en vrolik. Vir oulaas drink hulle saam. Hoe later, hoe kwater.

Sy loer op haar horlosie. Sy moet haarself verskoon. Sy het ver om te ry. Die groetery en drukkery neem lank. Baie wil vir haar nog drank koop. Sy wys dit taktvol van die hand.

Buite is die naglug koel en vars. Sy stap na haar motor. Die eikebome gooi donker skadu's in die swak verligte straat.

Sy hoor voete agter haar. Sy loer terug. Dit lyk na drie mans, ongeveer tien meter agter haar. Sou dit klasmaats wees?

Hulle kom vinnig nader.

Een gryp haar aan die arm. Sy wil losruk. Sy probeer gil. Haar mond word met 'n sakdoek toegedruk. Daar is net té veel hande. Sy hoor een wat lag. Sy voel lam.

# 4

Fred Cohen se sewentigs begin hom kromtrek. Hy voel dit veral in sy knieë en laer rug. Sy grys boskasie lyk sag, maar is eintlik onbeheerbaar. Elaine tem dit vir hom dan en wan.

Hy is reeds meer as veertig jaar 'n lid van die Kaapse balie. Om 'n senior advokaat te word was nooit vir hom beskore nie. Die aard van sy praktyk het dit nie regverdig nie. Trouens, sy praktyk het nooit vlamgevat nie. Dit het in 'n groef vasgehaak by pro Deo-werk en later regshulpwerk.

Pro Deo-werk en regshulp is eintlik net vir nuweling-advokate en sukkelaars bestem. Die staat betaal hom derhalwe 'n minimale fooi om beskuldigdes te verdedig wat grusame moorde, verkragtings en roof gepleeg het.

Hy spot soms met sy situasie. Hy sê dat die groef waarin hy is verskil net in diepte van 'n graf.

Hy is geliefd onder sy kollegas. Altyd 'n grappie te vertelle.

Sy kamers in die Hugenote-gebou is die toonbeeld van wanordelikheid. Jare se pro Deo- en regshulplêers staan in stapels op sy lessenaar en deurmekaar boekrakke.

Hy hou nie daarvan om iets weg te gooi nie. Hy hou dit vir eendag.

Sy toga is blink en slierterig by die some. Sy beffie het van wit na geel verkleur. Die beffie se rekkie hang slap om sy nek.

Hy spot en sê dat dit is as gevolg van baie benoude slukke oor vele dekades in die hof.

Tuis in hul Groenpunt-woonstel versorg hy sy geliefde Elaine. Sy geniet saans, met hul sop, Fred se vertellings van die dag se gebeure.

Hul vyf en veertigjarige seun is stil en spandeer sy dae voor die TV. Versonke in beuselagtighede. Bedags versorg hy kamma sy ma.

Fred se trots is sy 1976 Datsun 120Y-bakkie. Wanneer hy dit op Saterdae die gereelde politoer gee, maak hy die motorhuisdeure oop. Hy beskou dit as sy oefentyd en wil vars lug inasem.

Hy tel sy swaai-en-draai poetsbewegings hardop. Hy wissel die lap tussen sy regter- en linkerhande. Dit is vir hom ook 'n poetsing van sy selfbeeld.

Nou en dan staan hy met 'n aangejaagde hartklop terug om sy blinke handewerk te bewonder.

Hiervan hou hy meer as van hofwerk. In die hof is 'n mens té uitgelewer aan ander se onvoorspelbare giere en grille.

Hy word bewus van die wit motor wat voor die deur stop.

Stadig kom hy regop. 'n Man klim uit aan die passasierskant. Sukkel seker om 'n plek te vind, dink Fred.

Dan sien hy die balaklawa en vuurwapen met 'n knaldemper.

Die skote klink snaaks. Hy besef sy Datsun kry seer. Soos metaal wat skeur. Visblikagtig. Dit neem 'n rukkie voordat hy besef dat hý die teiken is.

Hy sak inmekaar met veelvuldige skietwonde.

# 5

Sy voel vuil en verneder. Hoeveel keer het sy nie gebraak as sy terugdink aan dié nag se gebeure nie. Gekots tot net 'n groen slym uit haar binneste kom. Dit spook weer in haar gedagtes.

Sy het wakker geword in wat sy vermoed 'n kleedkamer is. Sy ruik iets soos Deep Heat. Dis donker.

Een was steunend op haar. Die ander twee het hom al jillende aangemoedig. Elke pompbeweging was pynlik. Die verdowing, of wat ook al, was besig om uit te werk.

Sy asem ruik vrot. Sy kan nie sy gesig sien nie. Hy het 'n masker op.

Links voel sy 'n muur. Haar regtervoet is op iets solied. Haar onderlyf voel naak.

Sy besef dat sou sy stoei, dit tot meer geweld en pyn sal lei.

Die een se lag klink histeries. Sy wil dit herken. Sy het dit in die lesingsaal gehoor toe die prof oor lokomotiewe geskerts het.

Die histeriese lagger gil: "Ek gaan jou vrou vertel jy naai intelligente suipgatte vir die pret!"

Weer die histeriese lagbui. Sy besluit om van taktiek te verander.

"Asseblief, laat my gaan. Julle maak my seer. Ek sal vir niemand vertel nie. Ook nie vir jou vrou nie."

Hy weifel kortstondig op haar.

Sy hoor 'n basserige stem regs agter haar:

"Fok jou, man. Jy het op straat geloop en soek hiervoor. Jy stink na drank. Ek gaan jou naai soos jy nog nooit genaai is nie."

Sy voel weer die lap oor haar neus en mond. Die reuk is skerp. Soos in 'n hospitaal, dink sy terwyl sy wegraak in 'n beswyming.

# 6

Archie Bembe se pad, oor baie jare op pad na die advo-katuur, was nie met rose besaai nie. Dit was vol dorings, hekkies en uitdagings.

Op skool in Cofimvaba en later aan die Universiteit van Fort Hare in Alice, was hy nog nie bewus van die witheid van sy professie nie.

Met van Fort Hare se alumni soos Nelson Mandela, Robert Mugabe, Oliver Tambo en Seretse Khama was hy nooit be-kommerd oor wat in die praktyk vir hom mag wag nie.

Op Fort Hare het hy vir Sylvia ontmoet. 'n Nooi vanuit die Komani-omgewing. Finansies was altyd vir hulle albei 'n probleem.

As jong student was die aftakeling van kolonialisme se nalatenskap sy obsessie. Rhodes moes val. Hy was keelvol vir hierdie meerderwaardigheid wat Rhodes vir hom en sy volk toegeëien het.

Ongelukkig was die wyse waarop medestudente aandag en publisiteit wou vind, katastrofies. Nadat klasse geboikot en die biblioteek afgebrand is, moes Sylvia opskop. Sy is na haar suster in Kaapstad waar sy werk by die D.B.V. gekry het. Honde en katte se aanwins. Geld vir kos en klere.

Onder moeilike omstandighede het Archie Bembe sy studies voltooi en met sy pupilskap aan die Kaapse balie begin.

Hierdie was 'n moeilike perd om te ry. So anders as op 'n perd oor die groen heuwels van Cofimvaba. Hy mis daardie vars lug en vryheid.

Aanvanklik het senior advokate hom kragtens baliereëls betrek. Hy is blootgestel aan litigasie, die kuns van oorreding, betoog op 'n gewysigde manier en kollegialiteit. Maar ook vrees.

Vrees vir wanneer die balieraad se hulpmeganismes opdroog. Vrees vir wanneer hy werklik sy eie pot moet krap. Iewers in hierdie witoordonderende vreemde hiërargie moes hy 'n niche vind.

Toe bel 'n prokureur hom eendag en vra dat hy 'n borgaansoek moet rig vir 'n dwelmhandelaar.

Die selle is onder die landdroskantoor. 'n Groot vangwa, vanaf Pollsmoor-gevangenis, bring hordes wat in die howe moet verskyn. Dis 'n lawaaierige deurmekaarspul. Familielede wat angstig skree op van die insittendes. Gevangenes wat terugskree en opdragte gee.

Archie is af met die trappe na sy kliënt. Teken in by 'n onvriendelike sersant. Sleutels, slotte, tralies en instruksies. Ingehoktes wat hom angstig dophou. Hy word na 'n konsultasiekamer geneem met een lendelamstoel.

Sy kliënt se naam word deur 'n vet konstabel uitgeroep. Nog slotte en klapgeluide van seldeure.

En daar staan sy kliënt. Met vrees in sy oë.

Archie stel homself bekend, verduidelik die aard van wat voorlê.

Sy kliënt reageer gespanne: "Kry my ten alle koste uit hierdie hool. Al moet ons lieg, ek sal jou goed betaal."

Die kruisondervraging van die ondersoekbeampte was nie moeilik nie. Sy kliënt was nie werklik 'n vlugrisiko nie. Sy kliënt se skriftelike verklaring is eensydig, maar voldoende.

En daar stap sy kliënt uit op 'n paar duisend rand borg en Archie word opgehemel as die beste advokaat ter wêreld. Archie se prokureur glimlag breed en trots.

Die kliënt dring daarop aan dat sy vryheid gevier moet word. Archie word saamgesleep na Rousers. Daar is baie drank en gretige dames.

Die prokureur bespreek hul volgende saak. Archie se dogter en Sylvia sal gewoond moet raak aan hierdie na-uurse bemarking.

En dis hoe Archie se strafpraktyk begin het. Veeleisende vreemde kliënte. Anders as wat hy dit voorgestel het. Hulle seil na aan die sel.

Altyd dieselfde ou storie: Ek was nie daar nie of ek weet van niks. Archie preek dienooreenkomstig. Hulle stomp sy gewete af. Hulle kry hom in die sak.

Rousers word sy tweede kantoor. Al die dames ken hom. Hy voel gewild. Hy het die witheid oorwin. Hy sien homself as 'n gesiene advokaat. Sy gesin kan vir eers 'n bietjie wag. Hy wil hierdie leer van sukses klim. Vir Sylvia sê hy hy is op kantoor.

Hy word bewus van die Kaapse bendes en hul nukke. Van die kliënte is slinks, baasspelerig en skelm. Archie sukkel om almal gelukkig te probeer hou.

Hy sidder as hy hoor hoe laag hulle kan daal en hoe min 'n lewe werd is. Moorde is 'n wyse van geskilbeslegting.

Soms wil hy sy gewete wegdrink. Dit word soos 'n doolhof.

Hy ry om petrol te gaan ingooi. Sy dogter ry saam. Sy peuter voortdurend aan haar selfoon. Kinders is onkommunikatiewe wesens, dink hy. Selfsugtig.

Die petroljoggie neem instruksies en beweeg na agter. Skielik is daar 'n man met 'n klapmus by die venster. Archie kyk vraend na hom. Die skote klap vinnig. Die laaste wat hy onthou, is dat hy sy kind langs hom wil beskerm. Hy val vorentoe.

# 7

Haar ma hou haar hand vas. Sy vertel haar ma snikkend, huilend en bewerig, wat sy moes deurmaak.

Sy het naby Jamestown, buite Stellenbosch, begin bykom. Sy het nat gereën. Dit was ongeveer middernag. Sy het in die gras langs die pad gelê; lyfseer met 'n intense pyn tussen haar bene. Kaalvoet. Rok geskeur. Broekie weg.

Lighoofdig het sy nader na die pad gekruip. Sy het kragteloos gevoel.

Die tweede motor het haar byna raakgery, maar het gelukkig gestop. Die man wou haar hospitaal toe neem. Sy wou egter by haar ma kom. Hy kon sien dat sy nie sou kon bestuur nie. Hy het aangedring om haar oor Helshoogte na haar ma te vat.

Haar ma was geskok en gebroke.

Hulle moes belangrike besluite neem. 'n Dokter was prioriteit nommer een. Die polisie-opsie kon wag. Wil 'n mens die vernederende, oneffektiewe en uitgerekte hofroete volg?

"Mag ek eers vir Anita bel?"

Haar ma begryp en knik haar kop.

# 8

O ns wag op sy antwoord. Dis stil in die hof.
Iewers onder in die selle, hoor ek voetboeie klingel.
'n Ordonnans klink ver. Hy roep 'n naam en van uit.
'n Groot sleutel soek hard na sy gat in 'n seldeurslot.

A:  *Ek was nooit by sy woning nie.*
V:  *Weet u waar advokaat Klaus Erasmus, die oorledene, se
woning is?*

Die regterpresident het Hof 1 aan ons toegesê vir ons
siviele saak. Die hof is ingerig as 'n strafhof. Vanuit die be-
skuldigdebank sak 'n trapskag direk af na die selle. Vanweë
die publieke belangstelling in ons siviele saak, het ons hierdie
hof met sy groot galery gekry.

Vandag, in hierdie amper post-Covid-19-fase, lyk die
galerybanke soos 'n OXO-ekstrak advertensie met geplakte
kruise oral op die banke om sosiale afstand te verseker.

Verskeie lede van die publiek het maskers op. Seker iets wat altyd met ons sal wees.

A: *Ek het in die koerant gesien hy woon in Claremont.*
V: *Wat het u nog in die koerant gesien oor die moord?*

Andrew Evans is plomp. Amper potsierlik. Hy lyk olierig en glibberig. Hy is onskuldig bevind aan moord op my kollega, Klaus Erasmus. Ons poog tans om vir sy weduwee, Charlotte, en twee minderjarige kinders, 'n verlies aan onderhoud te eis.

A: *Ek het gelees dat hy, op die oggend wat hy vir my sou optree in die hof, voor sy huis, in sy kar, doodgeskiet is.*
V: *Het advokaat Erasmus u verdedig op 'n klag van moord op u vrou?*
A: *Ja. Maar mag ek byvoeg dat dit malligheid is om te dink dat ek my advokaat die dag van my verhoor sal skiet, of sal laat skiet.*

Natuurlik is dit 'n baie geldige stelling. Dit is maar een van die redes waarom ons saak teen Evans so moeilik is. Klaus was een van drie advokate van die Kaapse balie wat binne 'n kort tydsbestek doodgeskiet is.

V: *Mevrou Charlotte Erasmus het getuig dat sy u die aand voor die moordverhoor gesien het op pad om met haar man te konsulteer en dat sy 'n hewige rusie tussen die twee van julle gehoor het?*

Ek weet wat nou gaan kom, maar ek moet ons hoogwatermark goed laat klink in hierdie frustrerende verhoor.

Hy kry 'n glimlag op sy gesig.

A: *Reeds in die strafsaak teen my was dit duidelik dat sy gejok het oor my identiteit. U het gehoor wat sy toegegee het tydens my advokaat, advokaat Binge, se kruisondervraging.*

Dit maak seer. Soos 'n toneelspeler probeer ek dit verbloem. Ek moet regter Norman Smuts dophou en hom geïnteresseerd hou, al voel dit of ek 'n dooie perd probeer opsaal.

V: *Sy het getuig van jul hewige rusie die aand, en die volgende oggend vroeg word advokaat Erasmus geskiet.*

Klaus Erasmus het hoofsaaklik strafwerk gedoen. Hy het die vreemde ding gedoen om dikwels tuis met sy kliënte te konsulteer. Terselfdertyd het hy baie inligting weerhou van Charlotte en aangevoer dat dit vertroulik is.

A: *Hy is geskiet, ja. Ek was nie daar nie. Ek weet niks van 'n rusie nie. Hoekom het sy kom jok oor my?*

Ek moet toegee dat Charlotte swak gevaar het tydens haar kruisondervraging in die moordverhoor. Op die uitkennings-parade het sy wel vir Evans uitgewys, maar in haar polisie-verklaring, lank voor die parade, het sy gemeld dat sy nie in staat was om, vanaf hul slaapkamervenster, die besoekers aan hul huis te identifiseer nie.

V: *Weet u van advokaat Archie Bembe wat by 'n vulstasie, in sy motor langs sy dogter, doodgeskiet is?*
A: *Net wat ek in die koerant lees en op TV sien. Ek verstaan daar is nog steeds nie iemand vir sy moord arresteer nie.*
V: *Weet u van advokaat Fred Cohen wat in sy motorhuis, in Groenpunt, langs sy Datsun-bakkie afgemaai is?"*

Advokaat Binge, vir die verweerder, onderbreek. "U Edele, ek was taamlik geduldig, maar ek moet beswaar maak teen hierdie lyn van kruisondervraging. Op die basis van relevansie."

Regter Smuts. "Ja, advokaat Cross, indien u dit nie vir ons gaan illustreer nie, dink ek u moet aanbeweeg. Is daar iemand gearresteer vir die moord op advokaat Fred Cohen?"

Ek antwoord ontkennend en voel iets op die krop van my maag.

'n Ritseling gaan deur die galery. Daar word oor die geplakte kruise heen gefluister vir mekaar. Daar is heelwat dames in die galery. Hulle staan daagliks tou vir hierdie gratis vertoning. Hulle skaar hulle by die weduwees en wese. Hulle soek geregtigheid en klou krampagtig aan kriesels en krummels wat die kruisondervraging dalk los mag skrop. Skaarse krummels.

*V:  Wat se werk doen u, meneer Evans?*

Ons komplekse saak se sukses wentel om die verskil in die bewyslas tussen die afgehandelde strafsaak en ons huidige siviele saak.

In die moordsaak teen Evans moes die staat Evans se skuld bo redelike twyfel bewys het. Waar ons nou, in ons siviele saak, 'n verlies aan onderhoud vir Charlotte en die kinders vorder, is die bewyslas op die eiseres een van bo 'n oorwig van waarskynlikhede. Noem dit maar 'n ligter bewyslas. Dit klink semanties, maar dit het verreikende gevolge.

*A:  Ek is 'n besigheidsman.*
*V:  Wat se besigheid doen u?*

Ek is bewus van 'n bedompigheid in die vensterlose hof. Onder uit die selle kom 'n reuk van daai wit blokkies in urinebakke.

Dalk 'n oorgretige sanitasiepoging. Die trae lugverkoeling help nie juis nie.

A: *Ek het taxi's. Ek het 'n nagklub in Groenpunt gehad, maar dit is deur 'n bom verwoes.*

Die publiek se soeke na geregtigheid kom by my op. Is dit gekoppel aan 'n vertroue in die regsisteem wat verlore gaan?

V: *Dit klink of iemand ongelukkig is met u doen en late?*

OJ Simpson se verhore mag raakpunte hê. Die berugte, of is dit bekende, Amerikaanse sportheld was van twee moorde aangekla. In 1993 het die verhoor oor meer as agt maande gestrek. Een honderd en vyftig getuies het getuig. Hy is onskuldig bevind. Hyself het nie getuig nie.

Die siviele verhoor het in 1996 begin. Familie van die afgestorwenes het 'n eis ingestel en die jurie het meer as 33,5 miljoen dollar in skadevergoeding toegestaan teen Simpson.

A: *Sommige mense tree vreemd op as gesellinne betrokke mag wees. Daar is fanatiese mense daar buite.*

Sou daar iemand daar buite kon wees wat dink dat die wêreld 'n beter plek sou wees sonder sekere advokate?

Soms kry ek 'n moedelose gevoel. Dis makliker om iets te dink as om dit te bewys.

# 9

Anita Klomp besoek haar in die hospitaal. Hulle omhels mekaar versigtig. Anita bedwing haar trane. Dit voel of 'n deel van haar lewe weggeruk is.

Sy probeer om so sag as moontlik die maksimum inligting in te win.

"Alles dui vir my daarop dat dit van die finalejaarstudente moes gewees het."

"Hoekom, Anita?"

"Drie mans naby die Dros waar julle kuier, die hiëna-lag wat jy ook tydens die prof se afskeidsrede hoor, én die verwysing na jou intelligensie. Hulle ken jou."

"Maar waarom 'n lap met so 'n middel na 'n afskeids-rede neem?"

"Een van die jagse bliksems kon dit in 'n fles in sy kar gehad het. Hulle klink na gewoontefokkers. Hulle kon saam-sweer tydens die jolyt by die Dros. Hoeveel van jou klasmaats is getroud?"

"Heelparty. Almal lyk altyd so ordentlik."

"Drank en barbarisme ken geen grense nie. Ek is bly julle het teen die hofroete besluit. Die kruisondervraer sou van jou 'n foonsnol wou maak. Die regter sou net daar sit met 'n bek vol tande. Ek sal sorg dat hulle behoorlik gestraf word. Die Bybel gee duidelike voorskrifte. 'n Oog vir 'n oog. Verkragters se piele moet stadig afgesny word, verkieslik met 'n stomp geroeste skaapskêrlem. Fok die howe se patetiese vonnisse; dis nou ás daar ooit iemand skuldig bevind sou word."

"Anita, my lief, asseblief, kom ons los dit net."

"Nee, ek sal jou wys wat ek met dié fokkers gaan doen. Ek soek 'n lys by jou van jou klasmaats. Wat 'n kak woord."

"Dis onmoontlik. Ek kon hulle nie sien nie."

"Dis maklik. Nie te veel mense lag soos 'n hiëna by 'n karkas nie. Ek gaan manne huur wat hom sal aanhelp om te onthou wie sy medenaaiers was. Deep Heat in jou hol sal jou vinnig laat gesels voordat ek hom met sy pielkop in sy mond laat versmoor terwyl hy hom doodbloei."

# 10

## ADVOKAAT KLAUS ERASMUS

Dit word vroeg donker. Die grys wintergrouheid deur die dag maak my neerslagtig. Ek voel vasgekeer soos tydens die destydse Vlak 5-inperking weens Covid-19.

Ek sien op na my verhoor. Dit lê swaar op my gemoed. Dis gewigtig. In soveel strafsake kan ek met 'n stok aanvoel dat my kliënt skuldig is. Dan geld ons vreemde etiek: Jy mag nie regter speel nie. Jy moet slegs jou instruksie uitvoer. As hy sê hy was nie daar nie, dan is dit jou opdrag. Vreemde spel.

Dit het die rusie die aand voor die verhoor tussen my en Evans in my studeerkamer ontketen.

Ek het hom op 'n moordklag verdedig. Ten spyte van president Ramaphosa se beroep het vrouemoorde en geweld deur mans die hoogte ingeskiet tydens Vlak 3 van Covid-19.

Evans se vrou het leweloos in die badkamer aan 'n handdoekhak gehang met haar japon se koord om haar nek.

Na donker het hy my gebel. Hy wou weer 'n uitstel hê. Ek het vir hom gesê dat ons baie goeie gronde sou moes hê, want sy saak was reeds twaalf keer uitgestel.

Die regter het met die vorige verskyning beklemtoon dat dit 'n finale uitstel sou wees. Ten spyte van die laat uur het hy aangedring om my tuis te kom spreek.

Hy het my op 'n vreemde manier in sy sak gekry. Hy het my hiet en gebied. Hy was baasspelerig en ek het 'n verfoeilike klaas geword.

Vier mans het hom vergesel. Ek kan verstaan dat iemand, soos Evans, 'n konstante leër van beskerming om hom moet saamsleep.

Twee het in die tuin bly ronddrentel. Die ander twee het hulle in my sitkamer tuisgemaak. Gelukkig was Charlotte en die kinders al in hul slaapkamers.

Evans het breed gesit-lê op my leerbank. Hy was ontevrede en aggressief.

Ons is weer deur die feite. Ek het vir hom uitgewys waar ek gemeen het hy op dun ys is.

"Aan wie se kant is jy?" wou hy hard en smalend weet.

"Ek wys vir jou op onwaarskynlikhede in jou weergawe. Die regter is nie onder 'n kalkoen uitgebroei nie."

"Nou wat sê jy moet ek sê?" Dis asof hy skree.

Ek probeer kalm bly. Ek wil nie die sitkamermanne nader hê nie.

"Ek's nie daar om vir jou 'n storie op te dis nie. Ek handel volgens jou opdrag. Jy sê jy was nie daar nie, ten spyte van die DNA-uitslae."

"Ek betaal jou om my te help. Dis moer baie geld vir 'n advokaat. Nou sê jy ek moet tronk toe gaan ... Sê vir my wat ek moet sê!"

Hy het alle selfbeheersing verloor. Hy lyk vreemd en gevaarlik.

"Jammer, ek is nie 'n storieverskaffer nie. Ek luister na jou."

"So, jy sê ek spin 'n storie? Wie is jy om Judge te speel? Is jy in my team of nie? Moet ek liewer my geld op 'n ander perd sit?"

"Dis jou keuse. Al wat ek weet, is dat ons nie weer 'n uitstel sal kry nie."

Evans mag sag en plomp lyk, maar hy is hard en ongenaakbaar. Dit lyk of hy sy bles wil toekam met behulp van 'n lae sypaadjie bokant sy oor.

"Klink of jy ship wil abandon?"

"Dis jammer dat jy dit so sien. Ek is gereed om môre jou saak na die beste van my vermoë te verdedig."

"Maar jy maak scary predictions, Klaus."

"Ek maak geen voorspellings nie. Die staat se advokaat gaan jou onder kruisondervraging neem. Ek probeer bloot vir jou aandui wat jy te wagte mag wees."

Hy haal 'n sakdoek uit en vee 'n mengsel van sweet en haarolie van sy voorkop af. Hy staan moeilik en stadig op. Onheil smeul in sy oë.

"Ek loop nou."

# 11

## DROS

"Cheers."

Hulle klink glase.

"Hoe vorder jy om werk te vind?"

"Dis soos 'n volgende hindernishekkie. Daar lê altyd net nog 'n struikelblok voor in die lewe. Eers was dit matriek. Toe om by 'n universiteit plek te kry. Toe om 'n graad te verwerf. En nou, om werk te kry. Ek het my CV na meer as 'n honderd prokureurskantore gestuur. Oral is hulle vol. Baie antwoord nie. Dit voel of ek verniet my gat af geswot het."

"Ek het wel werk gekry, maar ek voel soos 'n slaaf. Dis asof ek verniet moet gaan werk. Ek het geen bedingingsmag wanneer dit by salaris kom nie. Ek is verleë. Dit voel of my graad niks beteken nie. Hulle soek praktiese ervaring. Iemand wat in howe kan verskyn.

"My wit vel tel teen my. Die staatsdiens is geen opsie nie. Dit voel of die staat 'n familiebesigheid is en ek nie aangenaaide familie is nie. Ek voel soos die verlore seun wat egter nie 'n huis het om na terug te keer nie."

"Ek moet jou vertel ..."

Hy neem 'n sluk wyn.

"... Ek het gisteraand 'n vreemde oproep ontvang. Die girl klink vriendelik. Sy vra my of ek 'n klasmaat gehad het met 'n vreemde lag. Sy sê amper soos 'n hiëna. Ek lag toe en sê ek kan net aan jou dink. Ek vertel haar hoe jy die bynaam, Perd, in die koshuis gekry het met jou runniklag. Jy's 'n gelukkige bliksem."

Dis asof hy versteen. Die glas stop in die lug voordat dit sy lippe bereik.

Sy vriend merk dit nie en draal voort: "Dit wys jou. Dit betaal om vriendelik te wees. Laat my weet wat my hulp en jou humorsin oplewer."

# 12

## CHARLOTTE ERASMUS

Dis vroeg. Die kinders slaap nog. Ek is so gewoond aan Klaus se buie. Sy stilstuipe voor 'n verhoor. Sy humeurigheid. Alles om hom wat hom irriteer.

Vanoggend lyk hy swaarmoedig en gespanne. Dis met hierdie tye wat Klaus sy werk haat.

Hy bespreek nie graag sy werk met my nie, maar het al laat val dat hy nie die maag het vir hierdie konstante onvoorspelbaarheid van 'n verhoor nie.

Ek vermy sy oë en bly onder sy voete uit. Sy vyftien jaar in die Kaapse balie het goed vir ons gesorg. Van ons klein woonstel in Tamboerskloof, tot hierdie trotse woning in Claremont, met grasperke vir die kinders.

Hy het wel 'n sjarmante sy. Goeie pa. Aantreklik en sportief. Dalk té aantreklik.

Ek het gisteraand deur ons slaapk}mervenster die ronde man sien stap met vier glimlaglose mans so groot soos deure agterna. Die lig by die voorhekkie het al gebrand. Ek het die gordyne stywer toegetrek.

Later het ek 'n rusie kon hoor wat in die studeerkamer plaasvind. Hierdie tuiskonsultasies enige tyd van die nag maak my bang. Ek het 'n ander begrip van 'n suksesvolle praktyk. Iewers moet daar 'n streep wees tussen werk en huis.

Ons het al hewige rusies hieroor gehad. Klaus sê ek moet bereid wees om opofferings te maak. Klaus weier om kliente se sake met my te bespreek.

Tydens die rusie met sy kliënt het Klaus kalm geklink, maar die kliënt het eenvoudig alle selfbeheer verloor. Ek kon nie presies hoor waaroor dit gaan nie. Die stemhoogte was vreesaanjaend.

Met sy terugkeer na die kamer ná die skreeusessie, het ek gemaak of ek slaap.

Toe hy die oggend met sy aktetas uitstap op die tuinpaadjie, was dit die laaste keer wat ek hom lewend gesien het.

Ek het net 'n slag in die straat gehoor toe hy vasry in 'n ander motor.

# 13

D is sterk skemer. Die dag se rustyd begin.
Hy is amper by sy motor. Twee fris mans is skielik weerskante van hom. Hy voel die mespunt sny in sy maag. Sy mond word deur 'n kragtige hand toegedruk.

"Neem ons na die kleedkamer."

Hy voel bang. Daar is ook 'n derde persoon wat nou sy sleutels neem en agter die stuurwiel inskuif. Hy word tussen die twee mans op die agtersitplek ingewurm. Dit voel of sy maag begin bloei. Hy probeer vergeefs aan ontsnaproetes dink.

"Ek weet nie waarvan julle praat nie."

Hy skrik vir die hoorbare vrees in sy stem. Dan voel hy 'n genadelose tweede steek in sy maag.

"Goed, asseblief, ek sal saamwerk. Dis onder die Markötter-stadion. Die sleutel is aan my bos."

Hy merk tot sy verbasing dat 'n dame die bestuurwerk doen. Sy rig die volgende vraag: "Gee die name en blyplek van jou twee medepligtiges en moet nie fokken tyd mors nie."

Hy voel weer die mes en besluit dat sy lewe nou afhang van heelhartige samewerking. Hy hoes die name en waar hulle bly.

"Ek's só jammer. Ons was dronk."

Hy begin huil.

"Dis nou te laat vir trane."

Sy sis dit soos 'n slang en stop agter die pawiljoen. Dis nou donker en stil.

Hy snik skaamteloos.

"Ek sal haar betaal vir die res van my lewe."

"Te fokken laat. Hoeveel ander dames op die kampus het julle bygekom?"

"Dit was net sy."

Die mes steek 'n vars gat.

"Ek dink vier ander wat van hul aandklasse of die bib gekom het. Hulle is nie polisie toe nie."

"Wie het die verdowingslap?"

"Dis daar in my paneelkissie in die tupperbak."

Hul ruk hom uit die motor en stap na 'n kleedkamer.

"Sluit oop."

Sy gee vir hom die sleutel. Sy hande bewe. Sy neus loop. Hy snuif hard.

"Hierdie keer kan jy die lig aansit."

Hy herken nie die dame nie. Sy is ouer as hy. Haar helpers is groot en onbekend.

Hy pleit onophoudelik.

"Hoekom dink jy is geen van julle slagoffers na die polisie toe nie?"

"Ek weet nie. Ek sweer, ek weet nie. Asseblief, vergewe my. Asseblief."

"Trek uit."

Hulle los hom nou. Een staan by die deur. Die man met die mes is steeds naby. Hy skrik toe hy die bloed op sy hemp sien. Hy pluk sy hemp af. Daar is vier bloeiende wonde op sy buik. Hy huiwer.

"Trek uit, jou fokken verkragter."

Hy verhaas sy tempo. Met haar oë wys sy hy moet ook sy onderbroek uittrek. Sy ruik die Deep Heat asof dit in die houtbankies ingetrek het.

Hy staan naak en skaam met sy hand oor sy penis.

"Sak af op jou knieë en plaas jou voël op die bankie. Jy is so pateties bedeeld. Lyk of jou voël nou wil wegkruip."

Sy hele liggaam ruk. Hy plaas sy penis op die bankie en leun vorentoe.

"Gee vir hom 'n behoorlike Covid-masker."

Die man by die deur kom nader met cable ties. Hy trek sy enkels vas. Dan sy gewrigte agter sy rug. Dan 'n vuil lap in sy mond wat hy om sy kop vastrek met 'n cable tie. Dit sny sy mondhoeke. Dit lyk of hy gaan versmoor. Hy kan nie meer praat nie.

"Hou hom vas."

Sy kom nader. Dit lyk vir hom soos 'n halwe skaapskêr. Dis 'n geroeste lem. Hy probeer wegruk. Kragtige hande druk hom vorentoe. Hy voel 'n skop teen sy rug.

"Waar is jou skugter voël nou?"

Sy kom nader. Dit lyk of hy sy bewussyn gaan verloor. Hy benat homself.

"Jy verstaan die begrip, skytbang, verkeerd."

Sy druk die lem op sy penis. Hy probeer nou minder ruk, maar kan nie. Hy probeer gil, maar dit klink dof.

"Dit mag tyd neem. Die lem is stomp."

Sy geniet die vrees in sy oë. Geen tronkstraf sou ooit naby aan hierdie vergelding kan kom nie, dink sy. Sy lees die ware berou in sy vrees. Sy pleit het verflou.

Dan druk sy die lem harder en sny.

# 14

## KLAUS ERASMUS

Ek het nie gedink my dag sou so uitdraai nie. My loopbaan was so kort. Die derde advokaat wat geskiet word.

Dit was so 'n heerlike, maar vreemde, dobbelspel.

As prokureursklerk het ek met twee advokate gepraat oor my moontlike planne om advokaat te word. Die een het gesê dat ek moet wegbly, want die prokureurs betaal jou nie. Die tweede, gelukkig, het gesê daar is altyd plek in die balie vir iemand wat wil.

Dan was daar ook oom Louis se reaksie. Kort en kragtig: "Jy?!" Met 'n uitdrukking van verbasing en amper simpatie op sy gesig. Ek wou. My kantoor was karig gemeubileer. Amper niks gehad om te verloor nie, behalwe my eer.

Geleef aanvanklik van pro Deo en regshulp se bloederige, afstootlike moorde, verkragtings, gewapende roof en alles wat my geskok het in die wreedheid en koelbloedigheid van my medemens. Charlotte se salaris het eintlik die pot aan die kook gehou. Sy was altyd daar. Stil en sterk. Ons sin vir humor was op dieselfde golflengte.

Ek onthou een van my eerste pro Deo-sake. Ek het gevoel ek maak vordering tydens kruisondervraging. Net toe ek die getuie in die blik wil druk, sê die regter hy wil my in sy kamers spreek.

Die hof verdaag. Ek is verdwaas. Gaan hy my werklik nou gelukwens? Is dit nie ongehoord nie?

Sy griffier lei my in op die rooi tapyt. Die regter se kamer is netjies. Daar is 'n reuk van boeke. Ek bly staan. Hy sit agter sy lessenaar. Sy griffier klik die deur agter hom toe. Die regter se gesig bekommer my. Hy glimlag nie. Baie ernstig.

"Klaus, knoop asseblief jou baadjie. Jy kan gaan."

Ek draai om en stap na die deur. Ek knoop my hofbaadjie en verlaat sy kamers sonder 'n woord.

Charlotte is naaldwerktraag. Dieselfde aand verdraai ek ietwat die dag se gebeure aan haar. Ek meld dat die regter my in kamers versoek het om iets te laat doen aan my broek se soom wat uithang en aan my af hempsknoop.

Sy spring verskrik op en is aan die werk met haar naaldwerkgoed.

Ek wag vir die hek om oop te maak. Dit lyk na reën. Ek ry deur. Stop en loer vir moontlike vroeë verkeer.

Ek skrik. Dit lyk na twee mans met balaklawas aan my regterkant. Die knaldempers laat hul vuurwapens langer vertoon.

Ek voel lam. My ruit spat aan flarde. Dit word swart.

# 15

*D*ie *Burger* haal die brief, wat by die lyk gevind is, verbatim aan. Hul voorbladopskifte lees: "Naakte skokkende waarheid."

*Die Son* is meer banaal met: "Pielkop in lyk se mond."

Die *Cape Times* het op bladsy drie 'n kort berig onder "Campus Concern", asof dit buite hulle jurisdiksie val.

Die *Argus* reageer met "Castration Revenge."

*Die Burger* beskryf die bebloede kleedkamer, die afgesnyde penis wat in die oorledene se mond gevind is, kampusverkragtings, die publiek se vertroue wat kwyn rakende die effektiwiteit van ons regstelsel en die krisis wat dit kan meebring as reg in eie hande geneem word.

Die brief is ongeteken. Dit spreek van frustrasie en die onbeholpenheid om die stelsel reg te ruk vanaf polisievlak, speurondersoeke, hofverrigtinge en vonnisse. Die skrywer skyn 'n regsagtergrond te hê.

Hierdie student en twee ander het reeds vier dames op die kampus oorweldig en verkrag. Die slagoffers het verkies om nie na die polisie te gaan nie.

*WAAROM NIE?*

1. *Talle lede van die publiek het hul vertroue verloor in ons polisie en die howe. Om 'n klag te gaan lê, is so goed soos 'n nimmereindigende voortsetting van die verkragting.*

2. *Onlangs het 'n verkragtingslagoffer huilend by die aanklagkantoor opgedaag. Die polisiebeampte het haar aangeraai om huis toe te gaan en te gaan bad en weer die volgende dag te kom, as sy sou wou. Hy het aangevoer dat die vangwa stukkend is en sy nie na 'n dokter geneem kon word nie. Hy is steeds in diens van die polisie.*

3. *Onlangs is 'n beskuldigde in 'n verkragtingsaak 'n opgeskorte vonnis opgelê.*

4. *In Suid-Afrika vind 500 000 verkragtings per jaar plaas. Daarteenoor is daar 85 000 in die Verenigde Koninkryk en ongeveer 32 000 in China per annum.*

5. *Dit word verwag dat meer as veertig persent van die vroue in Suid-Afrika verkrag sal word in hul leeftyd. Slegs een uit nege verkragtings word hier gerapporteer en net veertien persent van die verkragters word skuldig bevind. Moet asseblief nie probeer sê dis onbewese nie. Doen eerder iets daaromtrent.*

6. *Hierdie man het sy vergrype beken en sy twee mede-verkragters aan ons genoem. Ons sal hul vind en dienooreenkomstig straf.*

7. *Ons howe, as die sake uiteindelik voorkom, soek te hard na sogenaamde dwingende en wesenlike omstandighede om nié die voorgeskrewe lewenslange gevangenisstraf vir verkragting op te lê nie.*

8. *In die proses word die persoonlike omstandighede van 'n beskuldigde té hoog aangeslaan deur ons howe ten koste van die belange van die gemeenskap. Die aard en erns van die misdryf word te maklik misgekyk.*

9. *Sou hierdie studente wat pas hul finale jaar voltooi het, in 'n hof op verkragting moes verskyn, sou te veel gewig geheg word deur die hof aan hul ouderdom, drank en die praktyk wat vir hul wink.*

10. *Ons glo dat ons howe oneffektief en lamlendig is en die trauma van die slagoffers nie genoegsaam in ag neem nie. Die regspraktyk is beter af sonder hierdie booswigte.*

Derhalwe, aan al die rolspelers daar buite: Ruk julle reg. Intussen sal ons sorg dat reg behoorlik seëvier.

# 16

Molteno lyk soos 'n wit afgewitte sprokiesdorp. Die kapok en die Stormberge se vriendskap kom van ver. Wintertyd kuier hulle lank saam.

Ek loer in die spieël. Ek lyk moeg en ongeskeer. My ou tuisdorp laat my soos 'n melaatse voel. Almal weet. Almal vermy my, behalwe Flippie by die Stormberg, die immergewilde kroeg op die dorp.

Die gebruiklike hartlikheid en gasvryheid van die dorp het plek gemaak vir beskuldigende kyke.

Hulle weet ek is tydelik geskors. Ek kon sien hulle weet dat dit oor my ondervragingsmetodes gaan. Hulle weet dat ek 'n kolonel in die speurdiens in Oos-Londen is. Dat die verdagte aan 'n hartaanval dood is tydens my ondervraging. Ek aanvaar hulle weet van die sak en waterkonka wat as bewysstukke in my saak sal dien.

My moordsaak is nou al 'n paar keer uitgestel. Ek het gedink Molteno sou die beste plek wees om te wag. Ek voel egter nou soos 'n 45-jarige weeskind. Uit my vrou. Geen kind of kraai. Net Flippie Polivnick by die kroeg en stil Vaatjie wat ek nog wil gaan opsoek.

Ant Nien se losieshuis is billik. Die kos is goed. Die kamer is soos 'n yskelder.

Oor drie weke moet ek weer verskyn in Oos-Londen. Ek is teleurgesteld met ons sisteem. Dit is juis as gevolg van ons sisteem dat my ondervragingsmetodes uit frustrasie gebore is. Dit is die enigste wyse waarop ek geregtigheid 'n kans kan gee. Howe is sonder tande. Te veel prokureurs en advokate is skelm.

Skuldiges kom lag-lag weg met moord. Ek probeer 'n bekentenis of 'n uitwysing kry voordat die verdagte by 'n blinksuitprokureur uitkom. Bogher die Grondwet. Die strate moet weer veilig gemaak word vir almal. Skoongemaak word van vrot en skadelike gangsters.

As ek vir my soeke na geregtigheid moet tronk toe gaan, dan moet dit maar so wees. Diep in my hart voel ek onskuldig. Dis nie my skuld dat die ou 'n swak hart gehad het nie. Baie ander uitasem dompelinge het flink beken en medepligtiges gaan uitwys.

Flippie is net nuuskierig. Hy ken almal se stories. Dalk spog hy later met vars nuus wat uit die perd se bek kom by ander drinkers.

Flippie vertel hoe Molteno verander het sedert ek weg is. Molteno het toentertyd die eerste steenkoolmyne in die kolonie gehad. Ek onthou die uitgediende myngate in die berge op verskeie plase.

Die ou pragtige sandsteenhuis van die mynkaptein op Collieries spook nou daarteen om 'n murasie te word.

Flippie sê mense van orals wil nou plase in Molteno opkoop om ou steenkoolsome te skud.

Hoë koppe in die regering wil fracking hê. Hulle glo dit kan lonende gas oplewer en werksgeleenthede skep.

Daarteenoor is daar die besorgdes, of groenes, wat vrees dat Molteno se skaars ondergrondse waterreserwe besoedel en bemors sal word met hierdie skudproses.

Vele deskundiges maan teen die gevare van fracking. Die mens is egter van nature 'n gulsige wese wat geldbehep is.

Dis stimulerende gesprekke tussen my en Flippie wanneer sy kroeg saans leeg loop. Die koue hou baie drinkers tuis. Ek is so bly ons kon die drankverbanning met Covid-19 oorleef.

Flippie vertel dat twee manne nou die aand handgemeen geraak het. Een was 'n voornemende verkoper en fracking-voorstander. Die ander man was 'n suiwerwatervoorstander. Warm gemoedere, die koue kapok ten spyt. Kapok is soos sneeu, maar dit dartel veeragtig, asof dit speel vir tyd. Amper asof dit grondsku is. Natuurlik stry mense selfs hieroor.

# 17

Anita Klomp hou haar dop. Sy het stiller geword. Sy staar voor haar uit. Hulle het haar gekwets, geskend ... Iets aan haar verander wat nie verwoord kan word nie.

Anita vertel haar van die reaksie op haar brief wat *Die Burger* publiseer het. Talle briewe. Mense wat kla en simpatiseer. 'n Ontstoke publiek. 'n Gemeenskap wat reg en geregtigheid wil opeis.

Die optog na die polisiestasie het honderde gelok. Baniere wat die onreg uitskree. "Ons is moeg om in vrees te leef"; "Raak ontslae van vet, slapgat polisie"; "Ons gaan veg vir ons regte" en "Kastreer die bliksems!"

"Los dit liewer."

Anita trek *Die Bybel* nader. Sy blaai na Deuteronomium 19 vers 21 en lees hardop: "Julle moet dieselfde doen met almal. As iemand 'n ander persoon vermoor het en sy lewe gevat het, dan moet julle sy lewe ook vat. Die straf is 'n lewe vir 'n lewe, 'n oog vir 'n oog, 'n tand vir 'n tand, 'n hand vir 'n hand, 'n voet vir 'n voet."

"Dis uitgediend, Anita. Ons is verby Moses en Israel."

"En die Bergpredikasie? Beteken dit nie dat verkragters se straf by die skending van 'n vrou moet pas nie?"

"Jesus se offerdaad het 'n einde hieraan gebring."

"Nee. God het regverdigheid uitgespel. Iewers langs die pad het die mensdom iets byster geraak."

"Wil jy vir ewig wraak neem?"

"Ek weier om die ander wang te draai vir nog 'n klap."

"Waar kom die gebod van die liefde dan in, Anita?"

"Ek is jammer. Dan is ek liewer 'n sondaar. Ek weier om 'n verkragter lief te hê soos myself. Dis 'n kakstorie daai."

# 18

## MARTIE CROSS

Ek lê gemaklik op die psigoanalis se bank. Ek ken die plafon al goed. Ek tel altyd die plafonblokke. Skoon, suiwer vierkante. Eweredig.

My analis se stem is monotoon en sonder entoesiasme. Dit voel soms asof sy my gaan hipnotiseer. Ek is bang ek raak aan die slaap. Edward se mediese fonds sal nie daarvan hou nie.

Ek weet nie waarheen, of waarna, ons delf nie. My drome mag my sielsgeheime verklap. Sy vra dikwels: "Hoe voel jy daaroor?" Dit voel of ons moet betaal om na myself te luister.

"Dis die manier hoe Edward met my praat," hoor ek myself in 'n onbewaakte oomblik sê. Dit vloei nou makliker. Ek vertel haar dat dit voel of alles wat ek sê, bevraagteken word.

"Hy kruisondervra my oor alles."

Die sensor het my tong verlaat.

"Hoe voel jy daaroor?"

"Soos 'n verdagte. Hy bring sy hofmaniere huis toe. Hy krap waar dit nie jeuk nie."

"En?"

"Hy bevraagteken my geloofwaardigheid. Op 'n smalende manier probeer hy weersprekings ontlok."

Stilte. Ek voel verplig om die stilte te breek.

"Kommunikasie het 'n uitdaging geword. Voortdurende skermutselings. Soos salvo's uit loopgrawe."

Ek probeer die stortvloed van my woorde se impak eers verteer.

Stilte.

"Ek is moeg om altyd kleinkoppie te trek. Sy kruisonder-vraging steek my dwars in die krop."

Stilte.

"Ons is naby aan die einde van ons sessie," sê sy sag.

# 19

"Dit voel soos blaffende, grommende bloedhonde op ons spoor. Ek is bang."

"Onthou wat die prof gesê het. Ons hou net ons bekke. Daai bloedhonde kan net ruik. Hulle is tandloos. Ons sogenaamde regstelsel sal ons red."

Hy neem 'n groot sluk wyn.

"As my vrou sou uitvind, is dit die einde van my lewe."

"Ons is twee van 'n klas met ten minste vyftig moontlike verdagtes. Dit is nou as jy jou sou steur aan 'n bekentenis van iemand wat doodgemartel word. Geen hof sal dit aanvaar nie. Dis heel eenvoudig. Die moordenaars sal nie kom getuig nie. Die dames is te skytbang vir die hof en kruisondervraging. Wees net kalm en hou jou bek."

"Ek voel nie bang vir die hof nie, ek voel bang vir die piel-kopsnyers."

"Beveilig jouself. Skiet as jy moet. Die ding sal oorwaai. Dis in elk geval tyd dat ons aanskuif uit Stellenbosch."

"Ek is oortuig hulle het ons name uit hom gewurg."

Hulle drink in stilte.

# 20

Barney's het goeie koffie. Met hofverdagings loop die gewilde plek gou vol. Babbelende advokate in pikkewyngewaad.

Charlotte is stil. Danie, my prokureur, is elders doenig.

Ek kry 'n vreemde gevoel tydens kruisondervraging. Dis op my maag. Elke vraag het die potensiaal om 'n saak te maak of breek.

Bind ek die getuie vas, of wikkel hy hom verder los?

Wat is hierdie stil dame oorkant my, se kanse? Dit hang af van baie faktore, maar uiteindelik net van regter Norman Smuts.

Charlotte se getuienis in die strafsaak, en toe weer in ons siviele saak, was beroerd.

Die hoogwatermerk is seker dat sy 'n gesette man deur 'n skreef in haar slaapkamergordyne sien stap het, omring deur vier groot mans.

Toe die woordewisseling in Klaus se studeerkamer. En toe Klaus wat niks aan haar wou noem nie.

Sy lees nie koerante nie. Kyk ook nie TV nie. Haar verskoning is dat dit haar ontstel.

Ek neem 'n sluk koffie. Ek hoor my sluk. Ek kry weer die gevoel op my maag. My onwelkome gas.

Hierdie gas klop my gewoonlik ná middernag wakker. Ek kry hom nie weggeoefen of weggedrink nie. Hy klou soos 'n neet. Soms twyfel ek of ek uitgeknip is vir hierdie werk. My troos, soms, is dat alle beroepe of werke 'n kruis het wat gedra moet word.

Ek dink aan my kinderdae op die plaas. Die droogtes wat alles laat verpoeier en verstof. Die skape wat vermaer en ly. Die strepe skape in die stof wat storm as ons die lusernpille vanaf die bewegende bakkie strooi.

Die boere se oë. Geen toneelspel. En hier waar ek nou is? Probeer ek 'n front voorhou vir Charlotte? Speel ek toneel in die hof?

Almal het fut verloor met die pandemie. Platgeslaan. Wêreldwyd. Ekonomiese ineenstortings. Skole wat net nie aan die gang kom nie. Die agterstand wat daagliks groter word. Die statistiek wat konstant skok en klim.

Die arme vrou en haar kinders. Haar toekoms is in my hande.

# 21

Die koevert het net haar naam op. Die afleweraar was haastig. Die ontvangsdame sê hy het nog sy valhelm op gehad.

In haar kantoor maak sy dit nuuskierig oop. Alles met hoofletters getik.

Sy kry 'n naar gevoel toe sy dit begin lees:

JOU MAN IS EEN VAN DIE KAMPUSVERKRAGTERS.
ONS GEE VIR JOU, AS SY VROU, DIE GELEENTHEID
OM GEPASTE STAPPE TE NEEM. VERGEET
VAN DIE POLISIE. HULLE HET GEEN GFVOEL
VIR GEREGTIGHEID NIE HULLE STEL MEER
BELANG IN VETMAKENDE HOENDERPORSIES.

JY HET 48 UUR OM TE WYS WAT IN JOU STEEK.

Sy is verslae. Sy lê met haar kop op haar arms op haar lessenaar. Sy huil snikkend. Sy kan aanvoel dat dit waar is.

# 22

## REGTER NORMAN SMUTS

In die ou bestel in Suid-Afrika sou hulle my 'n Kleurling genoem het. Ek is trots daarop.

My ma het my alleen grootgemaak op die Kaapse Vlakte. Sy het in 'n klerefabriek in Woodstock gewerk. Haar afgesloof vir my. Haar enigste kind. Geld was skraps. As jong man het ek vis gepak in 'n fabriek in Houtbaai. Onwelriekend.

Ná my LL.B. aan die Universiteit van Wes-Kaap het ek aangesluit by die Kaapse balie. Ek het welkom gevoel. Ek het vir die eerste keer kollegialiteit ervaar en dit gekoester. Daar was nie grense nie.

My loopbaan as advokaat was suksesvol. Hard baklei, maar as ons uit die hof stap, is ek en my kollegas weer vriende.

As senior advokaat het ek begin waarneem as regter. Sommige mense het gesê dat die pigmentasie van die regbank die bevolking moet reflekteer. In die pers was daar soms kritiek teen die aanstellings van sekere regters. Hul is as onervare beskryf met min praktiese ervaring.

Vir my is die belangrikste kwaliteit van 'n regter om eerbaar te wees. Spreek wat vir jou reg en billik is, en doen dit eerder spoedig, as omslagtig en laat. Dis vir my onvergeeflik as litigante etlike maande moet wag voordat die regter uitspraak lewer. Feite word gou koud.

En toe, my aanstelling as regter. 'n Nuwe vreemde broederskap vir my.

Die ernstige klag teen ons regterpresident wat reeds ver meer as 'n dekade sloer om afgehandel te word. Is dit 'n goeie toonbeeld vir praktisyns en die publiek? Myns insiens nié.

Ek bevind my toe in onmin tussen regters. Regters wat weier om saam met ander regters op 'n regbank gesien te word. Oor en weer word klagtes voor die Regterlike Dienskommissie gelê deur regters teen mekaar. Bewerings van aanrandings onder regters. Selfs dreigemente van moord.

Watter impak moet dit nie op die publiek hê nie? Die sprekers van reg en geregtigheid wat onderling nie vertroue in mekaar het nie. Waar het alles verkeerd geloop in ons stelsel? Hoe kan ek daarvoor vergoed?

Ons teekamer is een van my min geselsplekke.

"Hoe gaan dit met jou saak, Norman?"

Regter Stephen Ishmael het die strafverhoor gedoen waarin hy vir Evans onskuldig aan moord bevind het en ook aan sameswering om die moord op Klaus Erasmus te pleeg.

"Die verweerder is al onder kruisondervraging. Die eiseres, mevrou Erasmus, het nie te veel te sê gehad nie."

"Ja, Norman, dit was ook dan die basis van my onskuldigbevinding. 'n Mens kry die vrou jammer, maar jammerte moet wyk voor regsbeginsels."

"Advokate kan so maklik 'n saak opneuk tydens kruisondervraging."

Ek vertel vir Stephen van my verhoor in die beginjare in die balie. Ek het vir die eiseres in die landdroshof opgetree. Ons het skadevergoeding van die verweerderes gevorder vir 'n groot keep wat sy uit die eiseres se oor gehap het. Die verweerderes het dit heftig ontken en aangevoer dat daar 'n paar vroue was wat aan die bakleiery deelgeneem het.

Ons het egter, benewens die eiseres, 'n ooggetuie gehad. Tot my verbasing kom getuig sy dat sy nie gesien het dat die verweerderes die eiseres se oor byt nie.

Beide ek en die eiseres het haar vraend aangekyk. Ek besluit ek gaan haar getuienis net daar laat. My selfvoldane opponent moes liefs dieselfde gedoen het. Hy kom op sy voete vir kruisondervraging. Hy wou seker sy kliënt beïndruk. Hy is smalend met sy vraag.

"So, u het dié dag geen oorbytery deur my kliënt gesien nie?"

Denkend tuit die getuie haar mond.

"Dis reg, Edelagbare. Ek het nie die bytery gesien nie. Ek het net gesien toe daai advokaat se kliënt 'n stuk van die eiseres se oor uitspoeg."

# 23

"D is onwaar en belaglik."

Hy frommel die vel papier op.

"Dan moet ek polisie toe. Dis soos afpersing."

Sy hou hom fyn dop. Dit is duidelik op sy gesig te lese dat hy nie van haar polisie-voorstel hou nie. Hy probeer tyd wen om te dink: "Die polisie is tydvermorsing. Selfs ons prof het nou die aand by die afskeid so gesê."

"Wel, dit is al wat ons het om ons te beskerm. Volgens die koerant was die verkragting juis op die aand van julle afskeid. Jy het baie laat tuisgekom ..."

"Ek het baie getuies. Ons het saamgekuier en jolig verkeer."

Sy trek 'n laai oop en haal *Die Burger* uit met gedeeltes wat sy onderstreep het.

"Paragraaf 6 meld onder andere: '... sy twee medeverkrag- ters aan ons genoem'; en paragraaf 9: '... studente wat pas hul finale jaar voltooi het...' En nou hiérdie brief?"

Sy kyk pleitend na hom. Hy trek sy skouers op, maar hy kan hoor hoe 'n doodsklok in sy huwelik lui. Hy word op 'n vreemde wyse gestraf, dink hy. Hy kan haar nie nou in die oë kyk nie. Sy berou wil die oorhand kry, maar hy moet nou toneelspeel soos nog nooit vantevore nie. Haar ondervraging druk hom in 'n hoek in.

"Sal ons jou ouers kontak?"

"Nie nou nie. Ek wil hulle nie ontstel nie."

"Saam met wie het jy die Dros verlaat die aand en hoe laat?"

"Alleen, en net voor ek hier opgedaag het."

"Wie het jy gegroet toe jy daar weg is?"

"Ek kan nie onthou nie."

Sy bly stil. Hy probeer haar hand vat. Sy klap dit weg.

"Ek dink jy lieg vir my. Hoekom het jy nog nooit hierdie gebeure van die aand met my bespreek nie?"

"Want ek weet nie daarvan nie."

"Die hele land weet van die verkragting en dat een van jou klasmaats vermoor is. Jy swyg soos die graf hieroor in ons huis. Van die finalejaars word verdink, maar ek moet jou nou met *Die Burger* konfronteer?"

"Ek weet nie wat om te sê nie. Ek was geskok. Dis klasmaats wat beskuldig word."

"Is jy té geskok om dit met jou vrou te bespreek?"

Hy besef hoe belaglik hy klink. Die inkwisisie het hom ontmasker.

"Ek gaan jou pa bel en dan gaan ek polisie toe."

"Ek smeek jou, moenie."

Hy begin huil. Hy voel snotterig en blaas sy neus. 'n Magteloosheid pak hom beet. Hy kan nie meer toneelspeel nie. Sy enigste hoop is haar vergifnis. Sy stem wil breek:

"Wat moet ek doen dat jy my vergewe? Ek smeek jou, help my. Ek het jou lief. Ek is 'n fokop. Ek het met die verkeerde ouens deurmekaar geraak. Jy kan my hieruit help. Help my asseblief uit hierdie kak uit."

"Jy verwag nogal baie van my liefde. 'n Verkragter wat vir sy vrou vra om hom te vergewe? Dis die gemeenste ding wat jy denkbaar aan vroue kan doen, en jy wil hê ek moet jou aandadigheid miskyk? Ek sal nooit met my gewete kan saamleef nie."

"Asseblief, kom ons probeer net."

Sy begin sy vader se nommer te skakel. Hy besef dat daar net nog een uitweg is. Hy moet haar stilmaak.

# 24

## SYLVIA BEMBE

Ek onthou die mure van ons sitkamertjie in Komani. My ma het verskeie foto's en koerantuitknipsels daarteen geplak.

Deur die jare het dit verdof en vergeel. Die meeste daarvan het gehandel oor my oupa se betrokkenheid in die sestigerjare by POQO, die militêre vleuel van die Pan African Congress.

Dit was moeilike jare. My ma het my vertel van sy stryd teen die passtelsel. Die destydse regering het geen vorm van opposisie geduld nie. Die PAC is verban in April 1960. Sy president, Robert Sobukwe, is skuldig bevind aan aanhitsing en gevangenisstraf opgelê.

My oupa, so vertel my ma, het steeds vergaderings bygewoon in Mbekweni in Paarl en Langa in Kaapstad. Hulle teiken was polisieinformante. Hy was ook deel van pamfletverspreiding wat die omverwerping van die blanke regering bepleit het.

Kaizer Matanzima van die Transkei moes sterf. Hulle kon nie sy samewerking met apartheid duld nie. Hy het geswig vir geld en 'n lagwekkende status ten koste van sy volk en hul strewe na gelykheid.

Oor die tydperk 1963 tot 1968 is verskeie lede van POQO vervolg in die howe. Min mense praat daaroor, maar gedurende hierdie tydperk is 42 lede van POQO ter dood veroordeel en gehang in Pretoria. My oupa was een van hulle.

Daar is 'n foto teen die muur van die tennisbaan by die polisiestasie. Dit is vol gearresteerdes. Daar was nie plek vir almal in die selle nie.

Verskeie aanvalle en oornames van verskeie dorpe was destyds gefnuik. Soos diere staan die mense in 'n groot hok. Uitgehonger vir geregtigheid.

Ek het vir Archie ontmoet op die Universiteit van Fort Hare in Alice. Hy het in die regte studeer en ek maatskaplik.

Ons studies was moeilik. Voortdurende stakings oor klasgelde, plek in koshuise, kolonialisme en enigiets wat die reuk van diskriminasie mag hê.

Ambisieuse en hardwerkende studente is teësinnig meegesleur in golwe van onrus.

Afrika kan soms so kortsigtig wees. Die afbrand van ons biblioteek op die kampus was vir my die finale strooi. Ek het na my suster in die Kaap verhuis.

My drome om minderbevoorregtes te help, het 'n ander gestalte moes kry. Ek het administratiewe werk by die DBV in Grassy Park gedoen. Werk was skaars.

Wat 'n openbaring was dit nie. Soos 'n weeshuis. Dankbare, bang en vriendelike oë van ingehokte honde en katte. Hartseer.

Diereaannemings was my beste nuus. 'n Waaiende stert wat ons perseel verlaat. Nog een wat gered is.

Archie het met sy gebruiklike selfvertroue die Kaap van Storms bestorm. Sy pupilskap aan die balie was moeilik. Dit is amper asof daar 'n finansiële hekkie of hekkies geplaas word in die weg van mense wat die professie wil betree.

Ons het gesukkel. Ek moes hom baie aanmoedig. Net om by die werk te kom, is soms 'n groot uitdaging. Busse word gebrand. Taxi-faksies skiet op mekaar, of staak.

Ek wil Covid-19 nooit weer beleef nie. Die regulasies was aanvanklik so grendelagtig dat honde-eienaars nie hul diere na parke mag neem of gaan stap met hul honde nie. In woonstelblokke was honde ingehok en moes noodgedwonge ander regimes leer. Sommige woonstelle het nie balkonne nie. Hordes honde is by ons perseel afgelaai. Bestaande eienaars het fronsende honde gegroet. Ander was net haastig om met hul maskers daar weg te kom. Soos 'n tennisbaanhok.

Toe tref die finansiële gevolge van Covid-19 die DBV. Mense het hul werk verloor. Gesinne moes drasties afskaal om te oorleef. Katte en honde is daagliks in hul tientalle by ons afgelaai. Hartverskeurend. Aannemings het opgedroog. Hokke was oorvol. Van die honde en katte het met gedragsprobleme reageer. Sommiges was depressief en wou nie vreet nie. Genadedood was die enigste uitweg.

Archie het vreemde vriende gemaak. Hy het my laat verstaan hy moes sosialiseer ter wille van sy praktyk.

Hy het saans laat huis toe gekom. Aangeklam. Argumentatief. Onaangenaam. Vol kritiek. Soos 'n hond in 'n hok sonder vooruitsigte. Soos 'n kat wat benoude spronge moet maak. Hy het gekies om eerder 'n rondloperhond te word.

Covid-19 het hom ook verander. Hy het my begin aanrand.

Ek was só dom om te dink dat 'n kind ons huwelik sou red. Kortsigtig.

Nou moet ons dogter ly. Sal sy ooit honger wees vir geregtigheid?

# 25

Hy staan vinnig op en stap kombuis toe. Dit voel of die bloed in sy kop kook. Sy gaan sy loopbaan verwoes. Sy pa sal 'n hartaanval kry. Sy is adamant om hom te verraai. Hy moet gou maak.

Hy krap in die laai en neem die broodmes. Sy asem jaag. Sy woede en teleurstelling kry die oorhand. Hy storm terug na haar waar sy op die bank sit.

Sy voel verbasend kalm. Sy sluheid was op verhoor. 'n Paar vrae het sy kleur gewys. Sy besef nou hoe min sy vir hom beteken. Sy was voorbereid op hierdie reaksie.

Sy rig die pistool op hom.

Hy lyk verbaas. Hy is 'n paar treë van haar af. Hy meen dat sy nie die moed sal hê om die sneller te trek nie. Hy moet vir haar slagaar gaan.

Die eerste skoot stuit sy aantog. Die knal is oorverdowend. Die tweede skoot laat hom agteroor ruk. Die derde skoot is dalk onnodig, maar help hom agteroor val.

Sy staan op. Hy bloei vrylik. Sy oë begin hul woede verloor.

Sy gaan staan wydsbeen oor hom en skiet nog drie skote waar sy meen sy penis behoort te wees.

# 26

## ELEANOR SMITH

Ek kom vanuit die Stormberge in die Oos-Kaap. Molteno is 'n konserwatiewe gemeenskap. Baie nasate van steenkoolmyners. Steenkool was in 1859 hier ontdek. Mense met diskresie. Hopelik.

Sou dit wees waarom ons voorvaders, selfs tydens die Boereoorlog, buite die stryd gebly het; in teenstelling tot van ons buurdorpe?

Dit het gemaak dat Luitenant-generaal Gatacre se Engelse troepe per trein kon kom vanaf Queenstown tot by Molteno. Dit is 'n paar kilometer van waar die Slag van die Stormberg die volgende oggend in Desember 1899 plaasgevind het. 'n Boere-oorwinning.

En toe, myns insiens, die taktiese fout. Die Boere het die Engelse toegelaat om holderstebolder terug te skarrel na Molteno. Die landstelers ongestraf vry laat gaan. Die kinder- en vrouemoordenaars, wat sou kom, op vrye voet laat wegkom. Onvergeeflik.

Ek het my man tydens die Covid-19-pandemie in 2020 aan die dood afgestaan. Dit het vinnig gebeur. Destyds kon ons slegs tussen 06:00 en 09:00 buite stap. Vreemde regulasie. Dit was donker tot ná 07:00 in die Kaap. Ons het by my dogter in Vredehoek kom aftree. Dit was 'n gespanne atmosfeer. Vir my het dit gelyk of Alwyn griep kry. Sy temperatuur het gestyg. Voor ek my oë kon uitvee, was hy op een van daardie honderde beddens in die Kaapse Internasionale Konferensiesentrum. Hy is kort daarna dood.

Sedert ek alleen is, en dit veiliger is om buite te beweeg, het ek verskeie opspraakwekkende hofsake bygewoon.

Ek hou van die verhaal wat ontplooi. Goeie mense en slegte mense. Akteurs. Sekere slinkses kan jy met 'n stok aanvoel. Dit sluit sekere advokate, volgens my, in. 'n Advokaat wat 'n skelm verdedig, moet self 'n skelmstreep hê.

Moet ek bloot passief bly? Moet ek toekyk hoe weduwees en wese verloor? Goeies wat onder kruisondervraging verkrummel? Of is daar 'n les te leer in die Slag van Stormberg om herhaling te voorkom en om geregtigheid te laat seëvier?

Ek het begrip en simpatie met mense wat saamsnoer en sê genoeg is genoeg.

In Molteno het die TOT HIER-beweging tot stand gekom. Die TOT HIER is gatvol. Hulle meen dat die howe hul angel verloor het. Uitstel op uitstel op uitstel. Verminking van geregtigheid.

# 27

Dié betoging is anders. Honderde mense staan voor Stellenbosch se landdroshof.

Die plakkate se versoek verskil. Gewoonlik betoog mense by howe teen borg waar iemand doodgeskiet is. Hier, egter, word haar vrylating geëis.

Die plakkate is eenparig in hul versoek: "Laat haar vry"; "Dadelik Borg"; "Geregtigheid nou".

'n Man met 'n megafoon lyk vasberade. Sy stem klink kragtig: "Dankie vir jul opkoms. Sy het 'n voorbeeld van 'n verkragter gemaak. Sy hoort nie agter tralies nie. Sy is geregtig op haar vryheid totdat haar verhoor eendag mag aankom."

"Indien ooit," gil 'n vrou.

"Die Grondwet van Suid-Afrika is ons hoogste wet. Dit is reeds in 1996 deur ons Grondwetlike Hof aanvaar. Dit was onderteken deur ons geliefde president, Nelson Mandela, mag hy in vrede rus."

"Viva, viva, Mandela," klink op soos 'n dreunsang van die groep.

"Die Handves van Regte vorm Hoofstuk 2 van ons Grondwet. Dit beskerm ons basiese regte. Die regering het 'n verantwoordelikheid om dit te verseker. Die kerntema van ons basiese regte is vryheid."

"Laat haar vry!" word herhalend geskree deur energieke ondersteuners.

"Jy mag nie aangehou word sonder 'n verhoor nie. Uit ondervinding weet ons dat dit maande, indien nie jare, sal neem om haar in 'n verhoorhof te sien. Sy het in noodweer opgetree. Haar verkragterman wou haar met 'n broodmes stil maak."

"We want justice now! We demand her freedom!" skree 'n dame wat woedend lyk.

"Kragtens die Grondwet word sy onskuldig geag tot die teendeel bewys is. Sy is geregtig op 'n regverdige verhoor. Ons as studente en die mense van ons Eikestad loof haar dapperheid en steun haar. Dankie vir jul handtekeninge op die petisie. Ek gaan dit nou aan die beheeraanklaer en polisiewoordvoerder in die aanklaer se kantoor oorhandig. Hulle het geweier om dit in die openbaar in ontvangs te neem."

"Boe!" kreet die aanwesiges hul misnoeë.

"Al wat ons vra, is diskresie. Laat ons nie toelaat dat letter-knegtery ons aan ons neuse rondlei nie. Moord is ernstig, maar daar is beslis twee kante tot 'n storie. Dankie, ek gaan hulle nou spreek."

'n Harde applous volg.

# 28

Ek het elke oomblik van die uitkenningsparade gehaat. Dit voel so lank gelede. Ek moes twee keer gaan.

By die eerste geleentheid moes ek bloot hoor dat die beskuldigde se regsverteenwoordiger nie tevrede was met die wyse wat die parade opgestel was nie. Ek dink daar was agt lede van die publiek. Die regsverteenwoordiger wou stipuleer dat almal fisies moes ooreenstem. Almal moes kwansuis vet, rond, potsierlik en oorgewig wees, anders sou sy kliënt kamma benadeel word.

Twee weke later is ek toe weer daar met 'n klomp ronde mannetjies op 'n ry. Ek het reeds in my verklaring, pas ná die moord, aan kolonel Sykes Vermeulen genoem dat ek nie in staat is om die persoon te identifiseer nie.

My tyd vir waarneming deur die oop gleuf van my slaap-kamergordyn was net te kort. Ek het nie gedink ek sou later omtrent die mans op my tuinpaadjie ondervra word nie.

Toe gebeur daar 'n vreemde ding. Die aand voordat ek die tweede keer na die polisiestasie is, bel 'n dame my.

Sy stel haarself bekend as Eleanor Smith. Sy klink vriendelik en nie te jonk nie. Sy wens my sterkte toe met die parade. Ek was verbaas. Sy was ontwykend op talle vrae van my. Hoe sou sy weet van die parade? Sy sê toe dat hulle waarskynlik 'n klomp vet mans sal oplyn vir die parade.

En toe sê sy 'n snaakse ding. Sy sê hul sal sonder hoede of kepse wees en dat die beskuldigde olierige hare het met 'n bles wat hy probeer toekam. Hy het 'n lae paadjie bo sy linkeroor om in hierdie toekampoging te help.

Ek wou nog verder praat. Sy het my sterkte toegewens en die gesprek beëindig.

# 29

Die staatsaanklaer moes erge aknee as kind gehad het. Dit laat hom onvriendeliker vertoon. Sy kantoor ruik na rook. Hy en die polisiebeampte is in 'n ernstige gesprek. Hul sif deur die feite en hou die lelike klippies wat teen haar kan tel. Hul uitgangspunt is dat moordenaars agter tralies hoort.

Die man met die petisie klop beleefd.

"Binne."

Hy stel homself voor en word stug ontvang.

"Ons pleit is dat sy borg kry."

Hy plaas die petisie met verskeie handtekeninge daarop op die lessenaar.

"U weet seker dat moord met voorbedagte rade die feite onder Bylae 6 plaas. Sy moet derhalwe buitengewone om-standighede aandui wat haar vrylating in die belang van geregtigheid sal veroorloof," sis die aanklaer. Hy loer self-voldaan na die polisiebeampte.

"Die feite is vatbaar vir noodweer. Sy het haarself verdedig. Daar was derhalwe nie beplanning nie. Die broodmes ver-ander die scenario. Dit klink derhalwe nié na Bylae 6 nie."

Die aanklaer rol sy oë en skud sy kop.

"So u sê sy bewapen haarself en word verras?"

"Sy wou nie aanvanklik aanvaar dat haar man 'n verkragter is nie. Sy moes voorsorg tref vir die ergste. Gelukkig het sy. Verkragters is onvoorspelbaar. Ons kampus is nou veiliger."

Die aanklaer kou aan die woorde. Langtand.

"Kan sy 'n miljoen rand betaal?" Hy loer na die polisieman wat hul magsposisie geniet.

"Ek betwyfel dit sterk. Hulle was 'n jong paartjie in die fleur van hul lewens."

"Wel, dan moet ons maar haar borgaansoek vir sewe dae uitstel en sy moet in hegtenis bly. Die staat is geregtig hierop, soos jy seker weet."

Anita Klomp verskyn in die oop deur. Die drie mans bekyk haar van kop tot tone. Sy klink gefrustreerd.

"Ek het julle gesprek gehoor. Ek sal die miljoen rand binne 'n halfuur by die klerk van die hof inbetaal. Mag ek haar in die aanhoudingselle besoek?"

# 30

## FRED COHEN

Dit was nou interessant. Die hof was nogal vollerig met my huldeblyk.

Spesiaal gereël deur my oudkollegas en die regbank vir die ontslape sewentigjarige kollega.

Dit het bietjie gevoel of ek afluister. Ek wens ek kon eerder vir hulle sê dat ek daar rondhang en alles kan hoor. Dalk het van die sprekers dan minder kwistig met die heuningkwas tekere gegaan.

Sjoe! Soos my ma altyd gesê het: "Flattery will get you everywhere."

Daar was drie roubeklaers.

Eers die regterpresident wat namens die regbank hulde gebring het aan my eerbaarheid.

Toe ons balieleier oor my kollegialiteit.

Elaine en my seun was ook daar. Sy was in haar swart rokkie. Nou en dan het sy 'n traan gestort. Ek mis haar. My seun was, soos gewoonlik, in 'n dwaal.

Derdens was daar die Direkteur van Openbare Vervolging. Hy het my geloof vir my voorbereiding in sake. My sogenaamde toewyding.

As ek my eie *post mortem* moet uitvoer, sou ek laasge-noemde op die vorm invul as synde oorsaak van dood. Nie veelvuldige skietwonde nie, maar dat ek net té deeglik wou wees.

Ek het gaan krap op plekke waar dit vir sekere mense te teer was.

Ek wou bloot getuienis inwin vir my kliënt, Demetri Cavallas, se moordsaak. Ek het gevoel dat, soos gewoonlik, die ondersoekbeampte in sy werk te oppervlakkig was.

Ek het die moordtoneel by Rousers gaan ondersoek. Van my kollegas het met my gespot en gesê dat ek 'n bymotief het. Hulle het gesê dat ek die girls wou gaan uitcheck en regsien.

Daai girls was egter almal baie onbehulpsaam. Amper bang om te help.

Toe laat ek my vriend later foto's sonder hulle wete neem van mense wat daar kom en gaan; met die hoop om skaam getuies uit te snuffel. Dit het my lot verseël.

My lewensles is dus: Jy moet nooit té deeglik probeer wees nie.

# 31

Anita kyk met simpatie na haar. Sy lyk moeg en ontuis agter die tralies. Sy stel haarself bekend.

"Ek gaan jou hier uitkry. Alles is gereël. Jy het rus nodig."

"My lewe het binne die bestek van 'n paar sekondes vir ewig verander. "

"Alles ten goede. Ek bewonder jou. Jy het reg laat geskied. Dankie daarvoor."

Sy verstaan nie die strekking van Anita se woorde nie. Sy voel te moeg om dit uit te pluis. Het sy gedroom? Is dit bloot 'n nagmerrie? As sy net kon wakker word. Die mense om haar ruik na ou sweet. Alles voel vuil.

"Ek het nie geld vir borg nie. Ook nie vir regsverteenwoordiging nie. Wat sal van my word? Ek wil liewer 'n einde aan my lewe maak as om nog één nag van hierdie hel te ervaar."

Sy huil geluidloos. Sy vee na die trane op haar gesig.

"Fondse is geen probleem nie. Jou borg sal netnou deur my betaal word. Jy sal veilig slaap vanaand. Ek sal vir jou die beste advokaat kry. Daar is lig in hierdie donker tonnel."

"Dit voel soos 'n aankomende trein."

# 32

Almal het so mooi en met lof van Fred gepraat in die hof. Van die regters en sy kollegas het vir my 'n handdruk kom gee.

As alles waar is wat hulle omtrent hom sê, klink iets vreemd. Waarom het ons finansieel so gesukkel as hy dan die advokaat is met al hierdie voortreflikhede?

Het ek gefaal om hom by te staan? Ek was so onsuksesvol wanneer dit by sy besigheid kom. My psigiater het vir my pille voorgeskryf.

Fred het my vertroetel. My seun dink hy versorg my. Dis eintlik andersom. Hy gaan my baba vir ewig bly. Ek weet net nie waar die geld nou vandaan sal kom nie.

Die bedelaars by die verkeersligte neem elke dag toe. Ek sien nie kans vir so 'n stuk karton met "HUNGRY" daarop geskryf nie.

Ek mis Fred se stories. Saans het hy vir ons sop gemaak en my in die bed gesit. Hy was so blymoedig.

Wat 'n aaklige dood moes hy sterf langs sy geliefde Datsun.

# 33

Sy hande bewe. Hy skeur die koevert oop. Die brief is ongeteken. Hy sluk. Sy vrees lê vlak terwyl hy lees:

*Jy is nommer 3. Jou twee medeverkragters het reeds geboet. Verstaan jy wat derde keer is skeepsreg, beteken? Klaarblyklik nie.*

*Iemand met jou regsgevoel hoort nie in die regspraktyk nie. Jy het 'n wanbegrip van wat regverdigbaar is. Dit sou onverskoonbaar wees as jy toegelaat sou word om iemand te verdedig in die hof. Jy sal alles om jou en ons stelsel verder besmet.*

*Jou dikvelligheid verstom my.*

*In ou Nederlands was 'derde keer is skeepsreg' 'n toevoeging tot hierdie wysheid, naamlik '... en eenmaal voor die knecht'.*

*Dit het niks met skeepsreg of maritieme reg te doen nie. Schepen in Middel-Nederlands was regters. Regters wat die wet van 'n stad toegepas het.*

*Sien my as só 'n regter. Schepenbank is regbank. Schepenboec is die boek waarin die vonnisse opgeteken word.*

*As 'n mens drie maal dieselfde oortreding begaan het, is jy onder die reg van die schepen vervolg. Hieronder ressorteer jy.*

*Maar ook ressorteer jy onder 'en eenmaal voor die knecht'. Die knecht is 'n dienaar van die gereg. 'n Advokaat, prokureur, regstudent wat sy finale jaar voltooi het, of polisieman, ressorteer almal hieronder. Julle moet weet wat reg is. Julle kry nie drie kanse nie. Een vergryp is voldoende om mý vonnis op die hals te haal.*

*Dit is dus nou ongetwyfeld tyd vir skeepsreg vir jou.*

*Wat gaan jy daaromtrent doen, of moet ek dit doen? Jou vonnis is reeds geskryf in die schepenboec.*

Dit voel vir hom of hy mal word. Diepe berou pak hom beet. Hy weet nie herwaarts of derwaarts nie.

# 34

Ek is nou reeds vir 'n paar dekades 'n prokureur. Ek spesialiseer in litigasie.

Ek stap al 'n lang pad met advokaat Edward Cross. Saam het ons meer sake gewen as verloor. Aan die einde van die dag is dit seker die barometer. Dis moeilik om die eienskappe op te som waaraan 'n advokaat moet voldoen.

Hy hoef nie noodwendig 'n akademiese reus te wees nie. Hy hoef nie sosiaal gesproke die vermaker te wees nie.

Dit is 'n ondefinieerbare konkoksie van 'n klomp faktore. Ek soek integriteit, 'n vegtersinstink en 'n wil-wen houding.

Ons doen Charlotte Erasmus se saak op 'n gebeurlikheidsgrondslag. Sou sy verloor, kry ons geen fooie nie. Sou sy wen, kry ons meer as ons normale fooi.

Haar eis beloop etlike miljoene rande. Klaus Erasmus het 'n goeie inkomste verdien. Daaruit het hy vir Charlotte en die twee minderjarige kinders onderhou.

Dit is hierdie verlies aan onderhoud wat ons nou van Evans vorder; mits ons kan bewys dat hy die onregmatige dood van Klaus veroorsaak het.

Ons eis is bereken deur 'n aktuaris. Dit word in ag geneem dat Charlotte as huisvrou totaal afhanklik was van hierdie onderhoud. Die twee kinders se vordering word bereken tot hul meerderjarigwording wanneer hul hopelik, teen dan, 'n tersiêre kwalifikasie sou behaal het.

Die verhoor gaan egter nie oor somme nie. Dit gaan oor aanspreeklikheid al dan nie. Ons moet bo 'n oorwig van waarskynlikhede bewys dat Anthony Evans die persoon is wat advokaat Klaus Erasmus se dood veroorsaak het.

Ons moet dus vir die hof illustreer dat die eiseres se weergawe, dat dit Evans moes wees, meer waarskynlik is as Evans se ontkenning.

Ja, as 'n mens baie litigasie doen, kry 'n mens wel 'n aanvoeling van wat die uitslag in 'n verhoor mag wees.

Daar is baie onvoorspelbare goed wat tydens 'n verhoor kan gebeur.

Ek het al sake verloor met 'n onverwagte wending tydens kruisondervraging. Die teendeel is gelukkig ook waar.

My werk is dus spanningsvol. Evans se advokaat, Rodney Binge, staan bekend as 'n goeie kruisverhoorder. Hy het Evans ook tydens die moordverhoor verdedig. Hy ken die feite op die punte van sy vingers. Hy weet waar Charlotte se swak punte in haar saak lê. Ek en Edward weet terdeë waar hierdie swak punte in ons saak is. Advokaat Binge se kruisondervraging van Charlotte, in die strafsaak, het dit openbaar. Sy was ook verplig om dit in hierdie verhoor toe te gee.

Dit klink of ek om my voorgevoel wil praat. My voorgevoel is dat ons hierdie saak gaan verloor.

Trouens, ek is verbaas dat ons is waar ons tans is. My aanvoeling was dat Binge suksesvol sou wees met sy aansoek om absolusie van die instansie aan die einde van Charlotte as eiseres, se saak.

Nadat regter Smuts dit afgewys het, het Binge besluit dat Evans moet getuig. Regter Stephen Ishmael se uitspraak in die strafsaak ten opsigte van Charlotte se geloofwaardigheid, sê niks goeds nie. Dit is nou weer weerspieël tydens haar kruisondervraging in hierdie hof.

Howe help leuenaars nie graag nie.

# 35

Hy het stil-stil na die Strand probeer verhuis. Hy hoop hy het hulle afgeskud.

Sy woonstel is op die vyfde vloer. Dit is nie te ver vanaf sy nuwe werksplek nie. Kandidaatprokureur. Dit klink baie meer indrukwekkend as "student".

Hy hoop hy slaag daarin om ontslae te raak van 'n oor-rompelende moedeloosheid. Hy kan nie na die polisie gaan nie. Hulle sal hom summier toesluit. Hy het die pastoor oorweeg, maar hy sal verkla word. Verkragting bly onvergeefbaar, selfs vir die kerk. Dis rooier as skarlaken.

Hy sluit sy voordeur oop.

Angssweet slaan op sy voorkop uit. Die koevert op die vloer lyk bekend. Ongretig skeur hy dit oop.

*Besef jy dat jy 'n vals profeet is?*

*Jy wil deurdring tot ons regstelsel, vermom as 'n lam, maar spreek soos 'n draak. Soos in Openbaring 13 ge-waarsku word.*

*Jy is deel van 'n sataniese triologie as nommer 3. Dis Satan, die Antichris en jý as valse profeet.*

*Aldus die Bybel sal jy die regterhand van die regering word. Jy sal beslis 'n valse regstelsel bepleit en bevorder. As huigelaar sal jy mense se oordeelvermoë verblind.*

*Skuil in jou sogenaamde tempel, ons sal dit aan die brand
steek en jou uitrook.*

Hy sak op die bank neer. Hy wens hy kon hulle bereik, onder-
handel en net sê hoe innig jammer hy is. Hulle klou soos 'n
neet aan hom.

# 36

## CHARLOTTE ERASMUS

Alles het volledig verander vir my. Klaus en ek het saam, met niks nie, begin. Saam swaar gekry.

In die winter het ek hom jammer gekry met sy LL.B.-aandklasse. Hy het eers na tien, ná klas, by ons woonstel opgedaag. Vinnig iets gehap en dan studeer tot laat in die nag.

As prokureursklerk was sy inkomste beteuterd. As radiografiste het ek die pot pruttend gehou.

Hy was eers prokureur en het hom later na die balie begeef. Sy medeklerke, nou prokureurs, het hom lojaal ondersteun.

Ek glimlag as ek terugdink aan sy debuutfase in die Hooggeregshof met pro Deo-sake. Die staat stel hom dan aan as 'n advokaat om grillerige beskuldigdes wat van moord aangekla word, te verdedig. Hy het my van sy kollega, Fred Cohen, se storie in sy begin jare, lank gelede, vertel.

In die jare toe Fred Cohen 'n beginner was, was die doodstraf nog van krag. Junior pro Deo-advokate moes, dikwels, traumaties ervaar hoe hul kliënte deur die regter ter dood veroordeel word.

Fred vertel dat baie juniors hulle sake vir hom gegee het, want hulle was besorg oor hul goeie naam. Niemand wou 'n "swinger" op sy kerfstok hê nie. Dit was die benaming wat advokate vir die terdoodveroordeeldes gegee het. Fred het sy kollegas uitgehelp, want dit het geld beteken.

Volgens Fred se storie aan Klaus was sy eerste drie sake almal "swingers". In die teekamer het kollegas met hom gespot. Een kollega het opgemerk: "If you do not want to go to jail, get Fred Cohen!"

# 37

Hy word wakker. Hy skrik.

Daar is persone in sy slaapkamer. Dis donker. Dan ruik hy die bekende reuk. Hy het dikwels die lap teen hul spartelende slagoffers se neuse vasgedruk tot hul slap word.

Dit voel of iemand hom natgooi. Hy voel lam en kan nie sy kop van die kussing lig nie. Die lapdrukker was spaarsamig. Asof iemand hom net halfpad wou verdoof. Die lap word in sy mond gedruk. Dit voel so bekend.

Nog vloeistof op hom. Skerp reuk.

Hy hoor die vraag, maar is nie in staat om te antwoord nie: "Medium rare or well done?"

Hy dink magteloos terug aan die laaste brief met die dreigement dat hul sy tempel aan die brand sal steek.

Hy hoor die vuurhoutjiedosie. Die lig van die vlam is helder. Hy sien iemand se tande glinster. Dis soos 'n grynslag.

Sy deurweekte lakens vlam gretig soos 'n vagevuur.

Die pyn en reuk oorweldig hom.

# 38

## LUITENANT-KOLONEL SYKES VERMEULEN

As ondersoekbeampte, in al drie advokate se moordsake, het ek groot frustrasies ervaar.

Ek het 'n probleem met wat as prioriteitsmisdade beskryf kan word. Die gevalle moet kamma meer en dringender aandag geniet. Hoekom? Myns insiens is alle moorde prioriteitsgevalle. Ongeag die oorledene se titel of rang of nering.

Die probleem in Suid Afrika, en in Kaapstad in die besonder, is dat die tempo waarteen moorde gepleeg word dit haas onmoontlik maak om hulle op te los.

Elke oggend is daar nóg 'n stapel nuwe dossiere aan my toegeken.

Ek is oorwerk en gedaan. Die ondersoek van 'n moordtoneel, so spoedig moontlik ná die moord, is noodsaaklik. Dit moet nog onbesoedeld wees.

In die praktyk realiseer dit nie. By sommige tonele kom ek glad nie uit nie.

Dis soos dit met Covid-19 gegaan het. Die mense word op strepe, daagliks doodgemaak.

Kom ek begin by Klaus Erasmus se moord. Dit was die derde moord.

Charlotte, my enigste getuie wat iemand op die toneel kon plaas, se verklaring wat ek die oggend na die moord afgeneem het, lees onder andere soos volg:

*Ek dink nie dat ek die persone op ons tuinpaadjie gisteraand positief kan identifiseer nie ...*

Evans se verdedigingspan was geregtig op die inhoud van my dossier. Hulle het hul lippe gelek om vir Charlotte, tydens kruisondervraging, te konfronteer. Wat hulle ook toe met sukses gedoen het.

Ek het getuig in die moordverhoor van Klaus Erasmus. Gemeld wat ek die oggend in die straat aangetref het. Die oorledene wat met 'n bebloede kop, amper regop, agter die stuurwiel sit.

Daar was onder andere 'n plan-tekenaar, fotograaf en 'n ballistiese getuie. Die *post mortem* verslag was erken. So, daar sit advokaat Klaus Erasmus ge-suit en ge-tie vir die geleentheid ... verskoon my, ek raak so die bliksem in.

Dit word 'n sinnelose patroon. As jy nie van jou advokaat hou nie, dan vat jy hom uit. As die kliënt meen sy advokaat weet te veel, dan vat hy hom uit. As die advokaat té eties wil wees, dan vat jy hom uit. Dis 'n siek gemeenskap.

Maar daar hét 'n meevaller gekom. 'n Ligpunt doer in die wapad vir Charlotte. Dalk van korte duur, maar dit was daar. Dit het tydens die uitkenningsparade gebeur.

Dit was werklik van korte duur. Dit het Charlotte se doppie vir ewig geklink. Gone ... poertoes.

In beide die ander sake, van Fred Cohen en Archie Bembe, is getuies so skaars soos hoendertande. Geen arrestasies is gemaak nie.

# 39

*Rapport* steur die Sondagvrede. Die grusaamheid van die drie finalejaarstudente se einde word uitgespel. Ontman. Vol koeëlgate. Verkool. Die joernalis bespiegel dat dit meer as blote wraak is. Hy regverdig sy standpunt op grond van 'n ongetekende brief wat hy ontvang het. Vandaar die opskrif van die berig: "Valse regsprofete".

Hy verwys daarna dat dit uiters insiggewend en Bybels gefundeerd is.

'n Land se regstelsel kan weggekalwe word deur valse praktisyns en regters. Deur skelm praktisyns en regters toe te laat, word die onderskeidingsvermoë tussen reg en verkeerd verroes, meen hy.

Die publiek word gebreinspoel. Hierdie valse regsprofete het 'n onskuldige voorkoms. Hulle intellek en skouspelagtige optredes in die hof verbyster die oningeligtes.

Die berig waarsku dat hierdie valse regsprofete met hulle duiwelse slinksheid met geluk, bedrog pleeg. Openbaring 13 verse 11 tot 13 word aangehaal.

Die insypeling van onbekwame skelm en misdadige praktisyns in ons regstelsel verblind die publiek van hul oordeelsvermoë.

Soos massamedia in die stryd gewerp word om mense te mislei, word dit ook deur 'n verwaterde regstelsel gedoen.

Dié praktisyns lyk soos lammetjies, maar is boos en spreek soos drake; aldus sy bron.

Die skrywer van die naamlose brief beken dat die drie verkragters uit die samelewing, en veral uit die regspraktyk, verwyder moes word om verdere besoedeling te voorkom.

Aan die einde van sy berig beskryf die joernalis, baie kontensieus, die optrede teenoor die verkragters as lofwaardig.

Hy konkludeer deur te vra of die vreemde dood van die drie advokate in Kaapstad ooit vanuit hierdie benaderingshoek ondersoek was.

# 40

## CHARLOTTE ERASMUS

Kolonel Sykes Vermeulen het dit benadruk dat die identifikasieparade baie versigtig hanteer moes word.

Toe ek die kamer binnegelei is, het ek vir die eerste keer 'n klomp ronde mans in 'n ry gesien.

Ek was op my senuwees. Die mans het voor hul uitgestaar. Iewers het ek 'n stem gehoor sê dat indien ek die persoon kan identifiseer wat die aand op my tuinpaadjie was, ek my hand op sy skouer moes gaan plaas.

Dit was aanvanklik ongemaklik stil. My hart het in my keel geklop. Sedert Eleanor Smith se oproep het ek gewonder hoe ek moes reageer.

Ek skuifel verby die eerste pokkel. Ons oë vang mekaar. Hy kyk vinnig verby my. Hy lyk onbekend.

Ek beweeg aan en aan. Onverrigter sake. Hulle lyk so eenders. Ek draai weer terug nadat ek verby 'n stuk of agt is.

Ek vind dat ek nou meer na hul hare kyk. Een kan sy glimlag nie bedwing nie. Een het 'n boskasie. Toe sien ek die olierige kop. Daar is nou sweet op sy voorkop. Sy paadjie is, amper komieklik, net bo sy linkeroor. Sy poging om sy bles op dié manier te bedek, slaag nie.

Ek bly staan. Hy sluk.

Ek kyk na sy gesig. Hy lyk onbekend. Ek weifel en stap verby. Die volgende man se hare is swart en gesond.

Kan Eleanor se woorde my help, of gaan ek dit later berou? Het ek toe maar geweet watter katastrofiese gevolge dit vir my sou inhou.

Ek sien myself weer by ons slaapkamervenster. Ek tuur deur die gleuf tussen die gordyne. Adam blaf. Vyf mans beweeg ongeveer tien meter van my op die tuinpaadjie. Die lig by die hek is agter hulle. Die stoeplig is nog op 'n afstand.

'n Groot fris man loop voor. Die ronde man is derde in gelid. Almal lyk donker-gekleed. Van hulle het pette op. Almal is vreemdelinge vir my.

Ek besluit instinktief. Ek stap tot voor hom en plaas my hand op sy skouer.

"Dis die man hierdie," hoor ek myself sê.

Hy kyk minagtend na my. Hy skud sy kop. Sy voorkop blink. Ek hoor polisiebeamptes praat. Ek voel moeg.

# 41

Anita waardeer die reaksie in die pers. Dit is al hoe sy haar doelwit sal bereik. Met skokterapie. Die publiek en regering moet geskok word en besef hoe hulle faal. Regslui moet ernstig herbesin oor hul sogenaamde regstelsel. Die regsberoep moet gesuiwer word van die vals profete in hulle midde. Die sirkus in die howe moet 'n einde kry. Skuldiges moet boet. Straftoemeting moenie raar en selektief wees nie. Ná die berig in *Rapport* was daar 'n stortvloed briewe in *Die Burger* se briewekolom. Daagliks stroom daar steun in vir wat sy wil bereik. Die standpunte is uiteenlopend, maar die polemiek is produktief, meen sy.

"Draai-of-Braai van Parow" prys die strewe na 'n beter land vir almal. Die briefskrywer verwys na plaasmoorde en die alewige strepe wat op die grond getrek word met elke begrafnis. Elke keer word gesê tot hier en nie verder nie, maar helaas, onverklaarbaar maar waar, die boere hou steeds aan om te retireer en kamma die volgende finale streep in die grond te trek.

Die skrywer tref die vergelyking met seuns wat op laerskool tydens pouse gaan baklei. Een wat met sy skoen 'n streep op die grond trek en sê: "As jy oor hierdie streep kom, donner ek jou."

En dan probeer die outjie, ten minste, sy woord gestand doen teen die oortreder.

Hy skryf dat ons te apologeties en pateties is om te dink dat 'n onbevoegde regering die verrotting in ons regstelsel sal regruk. Die Departement van Justisie wat onder administrasie geplaas word.

Die oneffektiewe optrede van ons polisie en howe bring mee dat lede van die publiek tot selfvergelding moet oorgaan, waarsku hy.

Anita glimlag.

Dit voel of sy vordering maak.

# 42

## KOLONEL MAX KRIEGLER

Die kapok kraak onder my sole. Die dorp is stil, wit en koud.

Flippie se kaggel help. Daar is net een kliënt. Hy rus of slaap op sy arms op die kroegtoonbank.

Ek en Flippie praat oor die koue terwyl hy vir my skink. My hangende verhoor laat my meer drink.

"Die Buffelsfontein-weerstasie maak ons die koudste plek in die land."

Hy verduidelik voorts die impak hiervan op grondpryse in Molteno. Voornemende frackers wat billike pryse gaan betaal.

Hy leun vorentoe en praat sagter.

"Hulle beweer Alwyn Smith is juis hieroor in die Kaap vermoor."

Ek ken vir oom Alwyn. Sy seun, Vaatjie, en ek was kamermaats in Môrewag.

"Onthou jy vir oom Alwyn en Ant Eleanor van Sunnyside?"

"Ja, sy moet nou al in haar sewentigs wees."

"Sy was 'n groot TOT HIER-ondersteuner. Jy ken seker die beweging?"

"Nou die aand het slapende Dries beweer sy is die skuldige."

Hy wys met sy kop na die slapende. Skielik reageer die man. Hy kyk na ons met moeë oë. "Flippie, jy sê dit asof jy dink dis 'n kakstorie."

"Nee, Dries, 'skuus, ek dog jy rus."

"Ek het my feite."

Flippie stel ons voor. Ek stap nader. Hy steek sy elmboog uit.

"Daai virus is nog lank nie verby nie," sê hy skor.

Ons elmboë raak. Sy hare is deurmekaar. Hy het 'n ou army jas aan met 'n groen Springbok-serp. Ek wil hom versigtig weer op sy spoor kry.

"Hoekom moord?"

Sy gesig vertrek asof hy in pyn is. Hy vertel tydsaam. Van die inligting ken ek.

Van Eleanor en Alwyn Smith op Sunnyside. Vaatjie en Santie, hul kinders. Vaatjie wat nog boer op die plaas. Hulle aftrede by Santie in die Kaap. Eleanor wat jare lank in Molteno hospitaalsuster was. Medisynekenner. Die aanbod wat Alwyn vir Sunnyside gekry het. 'n Nuwe fracker, na bewering. Almal se pleite wat by Alwyn op dowe ore geval het.

"Toe Covid, en toe is Alwyn skielik dood in daai tydelike hospitaal in die Kaap. Eleanor moes hom gif ingegee het. Hy is in een van daardie massagrafte voordat 'n haan daaroor kon kraai", sê hy.

Flippie lê 'n ongenooide eier: "Onthou julle hoe pimpel en pers Eleanor soms was? Hy het Sunnyside amper deur sy keelgat hier weggesuip. Doringdraad en al."

Dries verloor nou sy spoor:

"Onthou julle die belaglike regulasies? Mag nie boeke koop nie. Mag net toepuntskoene koop. Die vroue met die grys hare wat so uitgroei, want die salonne was lank gesluit."

Flippie steek aan.

"Geen sigarette. Geen restaurante. Later wel restaurante, maar geen drank. Geen kroeë. Ek wat tuis met my duime speel. Die swartmark wat floreer. Die belaglike pryse vir 'n pakkie sigarette. Hulle het van goeie mense skelms gemaak."

My gedagtes dwaal. Wanneer word 'n goeie mens 'n slegte mens? Is daar iewers 'n breekpunt? Het dit met my gebeur? Speel noodlot en omstandighede 'n rol, of hang dit net van jou keuse af? Het Eleanor Smith geknak? Wat weet Vaatjie?

Ek moet hom kontak. Wat maak ek as ek weet?

Ek skrik later toe ek by die losieshuis kom. Dit lyk asof iemand 'n blik swart verf op my toegekapokte motor uitgegooi het. Swart trane loop druppend af en vorm teeragtige plasse om my motor.

# 43

*D*ominee *Smeltkroes van Paarl* skryf: "Die onlangse verkoling van 'n verkragter deur verontregtes benadruk die valsheid van die regslui. In Jeremia 9: 4-9 word ons gewaarsku teen onderkruipers, ook in die regsberoep. Kwaadstekers en bedrieërs. In hulle binneste beplan hul mekaar se ondergang. Hulle tonge is dodelike pyle. Daar gaan op ons nasie wraak geneem word. Ons smeek vir eerlike en effektiewe howe."

# 44

## FLIPPIE POLIVNICK

As kroegman deel ek vele se lief en leed. Groepe kom vier hul oorwinnings hier. Enkelinge probeer hul sorge hier wegdrink. Nou is daar ook ander, soos Alwyn Smith, wat hierheen kom. Omdat hy moet.

Ek ken drank en die gevolge só goed. Drank maak sommiges praterig. Ander raak huilerig. Ander raak stil en staar versonke voor hul uit.

Ongelukkig is daar die wat oormatig dapper word. Luidrugtig. Ongeskik. Bakleierig.

Ironies is dat ek hieruit my bestaan moet maak. Ek moet staan en kyk hoe 'n man sy lewe wegsuip. Ek maak geld wanneer 'n man drank bo sy vrou en kinders verkies. Ek maak geld terwyl ek aanskou hoe 'n man homself fisies aftakel.

Alwyn Smith se gesig het al hoe rooier begin word. Blou aartjies het op sy neus begin posvat.

Vroeg-oggend het hy 'n boarm-jeukerigheid gehad. 'n Ongemaklike krappery met vingerpunte wat aanvanklik bewe.

'n Stilligheid wat plek maak later vir 'n glimlag. 'n Self-vertroue wat terugkeer en selfs nou plek maak vir 'n standpunt. 'n Lus vir gesels. Spog met byna vergete prestasies.

Kla oor ons dorp se verval. My oor bly geduldig. Met elke dop sy skop.

Dit klink amper of ek 'n noodsaaklike diens verrig. Ek help tydelik. Ek help, teen vergoeding, om die skerp dorings van die lewe se angels uit te haal. Ek is 'n versagter.

My oor word as vertroulik geag. 'n Klankbord. My diens word as onontbeerlik geag. My swye is soms vir hulle kommerwekkend. Ek voel soms verhewe tot allemansvriend.

Ek kry die kinders jammer. Ek voel aandadig. Kinders dra die geheim stil, maar ek weet.

Klein dorpies kan wreed wees. Ander se verval en versuip word 'n gewilde besprekingspunt. Nie skinder nie. Kamma kommer.

Eleanor Smith was dapper. Sy het daai pot aan die kook gehou. Alwyn het vroeg sy ongenaakbare kleur gewys. Die skrif was aan die muur.

Haar keuse was verbysterend. Om sy hoon te verdra. Gedoog. Verbloem.

Vaatjie en Santie was veiliger in Môrewag-koshuis.

Eleanor was Molteno se Florence Nightingale. 'n Vernielde Moeder Terese.

Die briljante Santie het apteker in die Kaap geword. Stil Vaatjie het sy ontvlugting in musiek gevind. Dalk te sag vir droogtes. Hierdie kapok bring vog soos kersvet en paraffien op 'n skurwe vel.

Ek wonder soms wat my plig teenoor Max Kriegler is. Van die dorp se manne, dis nou Eleanor en professor Almero Beukes se trawante, sien hom as 'n spioen wat hierheen gestuur is. 'n Geheime polisie-ondersoek.

Max het nie 'n idee hoe gevaarlik van hierdie manne is nie. Na 'n paar drankies skok hulle my. Hulle is fanaties oor geregtigheid. Hulle sê ons howe is 'n klug. Hulle meen dat die frackers net deur die gemeenskap gestuit kan word en nie deur ons howe nie.

Hulle betwyfel Max se doel van sy besoek. Wie, in sy gesonde verstand, sal in die hart van Molteno se snerpende winter hier kom rondhang? En dit nogal 'n kolonel wat vir die regering werk. Hulle sê dat Max se moordverhoor net 'n dekmantel is. Hulle wil hom seermaak oor sy huigelagtigheid. Skelmagtigheid.

As ek vir Max sou waarsku, is ek die volgende op hul lys. Hulle sal my as klikbek uitkryt. Die Stormberg sal dan maar sy deure moet sluit.

# 45

*G* *atvol, Hermanus* skryf: "Die bewyse is daar. Ons hele regstelsel is oneffektief, maar ons ploeter maar voort. Hierdie week weer in die hof gesien. Dis asof daar 'n muur tussen die landdros en die beskuldigde is. Die landdros mag nie oor die muur kyk en vir die skelm vra: Wat het jy gedoen? 'n Smalende prokureur is die segsman van die swyger. Die stelsel is te sag en skelmvriendelik. Wanneer gaan ons regering besef dat die waarheid moet uit? Verander die skelm stelsel van stilstuipe."

# 46

## ADVOKAAT RODNEY BINGE

En nou is ek die gladde en glibberige Evans se advokaat. Is dit wat ek wou bereik in my loopbaan? Die segsman van mense wat ek verafsku.

Is die fooie wat ek verdien verbloemde omkoopgeld? Teen my sin bly ek hier, vir vergoeding. Ineengestrengel met boosheid. Verbind aan skarminkels. Betaal met besmette bloedgeld.

Staatsdiensbeurs. Studies. Slapriem. Ek moes etlike jare vir die staat gaan terugwerk. Dus ken ek net strafhowe. Staatsaanklaer, in oorvol swetende howe in Port Elizabeth se New Law Courts. Op my spyskaart, dag na dag: aanranding; diefstal; roof; verkragting en soveel ander.

Toe staatsadvokaat. Meer bloed. Groter wonde. Slegter mense. Moord, gewapende roof, vieslike verkragtings.

Tot ek moedeloos en gatvol was. Tot satwordens toe. Die sogenaamde vonnisse wat afskrikwekkend moes wees, het op dowe ore geval. Die woord "rehabilitasie" ontbreek in ons gevangenisse. Die tronk is eerder 'n kweekskool.

Die wat op parool vrygelaat is, kom net weer en weer...

Die staat wat misdaadstatistiek aanhelp deur 19 000 gevangenis vry te laat met Covid-19 omdat ons tronke te vol is. Duisende ure van regspleging en opoffering weggesmyt.

Toe ek op die meer positiewe sy van die proses wil kom en 'n praktyk begin, beland ek waar ek nou is. Dieselfde ou storie. Hoe meer skelms ek loskry, hoe meer werk kry ek. Hoe meer word ek vasgevang in hierdie gladde, glibberige tentakels waaruit ek probeer ontsnap het. 'n Sinnelose bose kringloop.

Is daar iewers 'n troos? Ja, daar is. Dit is wanneer ek 'n leuenaar openbaar tydens my kruisondervraging. As iemand, soos Charlotte Erasmus, lieg, moet sy ly. Die eed om die waarheid te praat, tel tog punte. Jy roep 'n baie belangrike getuie in wanneer jy met jou vingers in die lug staan in die getuiebank.

Overgesetsynde, as ek deel van dame Justitia se swaard kan gebruik om die ewewigtigheid van haar weegskaal te verseker, dan doen ek my werk.

Dus verdien Charlotte Erasmus geen simpatie nie. Haar leuenagtigheid is tot die been oopgevlek.

# 47

*Onthuts, Mosselbaai* skryf: "Is die etiese toetsing van ons regsprekers voldoende? Ek lees net té veel van onmin in die regtersgeledere. Regters wat weier om op die regbank te sit met van hul sogenaamde broeders. Ernstige aantygings van meineed. Regters wat op die hoogste vlak kla oor hul broeders se etiese standaarde. Aanrandings onder regters. Moord-dreigemente van broeders.

"Meer kommerwekkend is die tyd wat verloop nadat 'n ernstige klag teen 'n regter ingedien word totdat die beregting daarvan begin. Dit vergestalt die posisie van ons howe in hierdie misdaadparadys.

"Ek bepleit strenger toetsing van 'n persoon se integriteit voor sy toelating as prokureur, advokaat of regter. Ons durf nie skelms onder die publiek toe te laat as hul regsadviseurs nie. Hoe kan 'n dief, verkragter, egbreker of leuenaar 'n kliënt van regsadvies bedien of oor sy lot beslis?

"Ons durf nie meer stilbly nie. Dit raak die wese en kern van ons samelewing."

# 48

Advokaat Rodney Binge en ek was destyds saam by die Direkteur van Openbare Vervolging. Ek sien dit as stryders vir die waarheid.

Soms wonder ek wie van ons is tans beter daaraan toe. Dit voel soos poker. Ek word gedeel met 'n hand kollegas. Ons broederskap het verbrokkel. Daar is twis en tweespalt. Die waardigheid van ons howe ly as regters onderling baklei.

Vir my is die onkreukbaarheid van ons regbank van kardinale belang. Ek het begrip vir regters wat weier om saam met iemand te sit wie se eerbaarheid bevraagteken word. Daar is diegene wat sê dat ons howe hierdie pragtige land van ons kan red. Dit kan nie gebeur as regters of kommissies skuil agter jarelange uitstelle en prosedurele rompslomp nie.

Enige sweem van verdagtheid teen 'n regter moet, as 'n saak van dringendheid, beredder word.

Genoeg oor my Broeders. Wat nóú ter sprake is, is kruisondervraging. Meer spesifiek die Staat v Evans wat ek verhoor het.

Oningeligtes het my oor my uitspraak gekritiseer. Die publiek is dikwels oningelig en gaan op loop met stories.

Deels is die magtige pers hiervoor te blameer. Waninligting en emosie is vreemde karperde. Dis gevaarlik wanneer hul aan die hol gaan.

'n Saak word beoordeel deur al die getuienis te evalueer. Geloofwaardigheid speel 'n kardinale rol om te bepaal of die staat bo redelike twyfel bewys het of Evans die moord op Klaus Erasmus gepleeg het.

Moord is 'n ernstige klag. Gevestigde reëls van bewysreg is my gereedskap. Emosie mag nie my besluitnemingsproses kleur nie.

Dit, in 'n neutedop, is hoe ek die saak van Staat v Evans hanteer het. Natuurlik was advokaat Klaus Erasmus se moord hartverskeurend. Swaarder weeg egter of dit bo redelike twyfel bewys is.

Die transkripsie van wat in my hof afgespeel het, is daar vir almal om te lees. Ek wil tog 'n sekere gedeelte van advokaat Binge se kruisondervraging van Charlotte Erasmus, beklemtoon:

V: *Was dit donker buite?*
A: *Ja, maar die tuinlig het gebrand.*
V: *Is dit die lig by die voorhek?*
A: *Ja, en die stoeplig.*
V: *Toe u uitloer was hulle reeds verby die heklig?*
A: *Ja.*
V: *Hoeveel persone was daar?*
A: *Ek dink vyf.*
V: *Het u hulle getel of skat u vandag?*
A: *Ek skat.*
V: *Was almal vreemdelinge vir u?*
A: *Ja.*
V: *Hoe ver was die groep van u?*
A: *Seker ongeveer tien meter.*
V: *Hoe lank het u hulle dopgehou?*

A:   *Seker vir ongeveer dertig sekondes.*

V:   *Kan dit korter wees?*

A:   *Ja, u Edele.*

V:   *Het van hulle hoedens opgehad?*

A:   *Ek kan nie onthou nie.*

V:   *Het enige van hulle pette opgehad?*

A:   *Ek weet nie. Ek dink daar was van hulle met pette op.*

V:   *Het u geweet watter een u man se kliënt is?*

A:   *Nee.*

V:   *U het 'n dag later 'n verklaring aan die polisie gemaak?*

A:   *Ja, ná Klaus se moord.*

V:   *Het u daarin, onder eed, vermeld dat u nie in staat sou wees om enige van die mans positief te identifiseer nie?*

A:   *Ja.*

V:   *Hoekom het u so gesê?*

A:   *Ek was geskok.*

V:   *Was dit omdat u kortstondig na vreemdelinge gekyk het deur 'n gleuf in die gordyne?*

A:   *... Ja.*

V:   *U wou nie eintlik hê hulle moes sien u loer na hulle nie?*

A:   *... Ja.*

V:   *U was eintlik in die proses besig om die gordyne toe te trek?*

A:   *... Ja.*

V:   *U het nie met u man bespreek wie in sy studeerkamer by hom was nie?*

A:   *Klaus het nooit sy kliënte se goed met my bespreek nie.*

V:   *En toe, etlike weke later, het u deelgeneem aan 'n uitkenningsparade?*

A:   *Ja. Ek moes twee keer gaan.*

V:   *Het enige persoon die beskuldigde met u bespreek voor die uitkenningsparade?*

A:   *Iets oor hom gesê?*

V:   *Ja, byvoorbeeld hoe hy lyk?*

A: ... Nee.

V: Niks in die pers of op TV gesien van hierdie op-spraakwekkende moord nie?

A: Nee.

V: Enigiets aan die liggaam van die beskuldigde gesien wat vir u die aand opgeval het?

A: Ek het die gesette man gesien.

V: Net dit?

A: ... En sy ...

V: U kan maar antwoord.

A: Sy hare. Sy yl hare. Sy lae paadjie bo sy oor.

V: Dit neem u toe waar in die donker terwyl die groep van u linkerkant na die voordeur aan u regterkant stap?

A: Ja, u Edele.

V: Kyk asseblief na die beskuldigde, mevrou Erasmus. Merk u dat sy paadjie aan die linkerkant van sy kop is?

A: ... Ja, u Edele.

V: Is u seker u het die betrokke aand sy kantpaadjie gesien?

A: ...

V: Mevrou, ek herhaal die vraag. Is u seker u het die be-trokke aand sy paadjie gesien of het iemand, voor die uitkenningsparade, vir u daarvan vertel?

A: ...

Hof: Mevrou, kan u die vraag beantwoord?

A: ... Nee, u Edele.

# 49

Opsies, *Swellendam* skryf: "Dankie vir almal se insette in hierdie kolom om ons gebreke aan die kaak te stel. My vraag is eenvoudig. Dit staan soos 'n paal bo water dat ons van die wêreld se skokkendste misdaadstatistiek het. Onteenseglik is daar iets ernstig wat haper in ons stelsel. Is daar vir ons 'n ander opsie?

"Indien ons die regstelsel kan verander en die regslui kan verbeter, is dit vir my onverstaanbaar dat ons nie hierdie opsie toepas nie. Wat moet nog gebeur voordat ons sal reaksie kry?"

# 50

## MARTIE CROSS

Edward se stilte is kommerwekkend. Sy gedagtes is ver. Vermoedelik in die hof.

Ek mis sy vrolikheid. Hy praat nie meer met die hond nie. Hy leef verby my. Sy sang onder die stort voel soos lank gelede.

Hy lyk besorgd.

# 51

Die ou juriebank, regs van my, sit volgeprop. Verslag-gewers babbel opgewonde. Lek hul lippe af vir wat voorlê. Voorbladgoed, hierdie.

Die regter gaan nou, enige oomblik, sy verskyning maak.

Ek het daai benoude gevoel op my maag. Kan kruisonder-vraging die byna onmoontlike laat gebeur?

Evans sit reeds in die getuiebank. Hy loer na sy foon.

Danie Nortjé sit agter my. Hy is besonder stil vanoggend. Ek dink beide van ons deel stilswyend dieselfde pessimisme.

Ons besef dat ons net té min het. Charlotte Erasmus gaan waarskynlik 'n sukkelaar wees vir die res van haar lewe.

Die reg is wreed teenoor leuenaars. Oorgretigheid is ge-vaarlik.

In die galery is die kruise steeds op die banke geplak om sosiale afstand te verseker. Die lede van die publiek sit twee meter van mekaar af. Amper soos 'n "naughts and crosses"-speletjie. My ma sou gesê het soos "plain en purl" op 'n breinaald.

Covid-19 is amptelik verby, maar dit dwarrel steeds dan en wan in vlae terug. Die verbysterende statistiek laat gevoelige gevolge. Die slothoofstuk is traag om geskryf te word.

Regter Norman Smuts se griffier maak haar verskyning. Vanoggend het sy 'n masker op. Sy praat hard om vir die regspanne hoorbaar te wees.

"Regter Smuts wil die regsverteenwoordigers in sy kamers spreek."

Ek loer na Danie. Rodney Binge praat met sy prokureur. Sy gesig lyk soos 'n vraagteken.

Ons volg die griffier deur breë gange. Foto's van regters pryk teen die mure. Dekades se regsprekers.

'n Regter en sy twee assessore kom verby. Hy het sy rooi straftoga aan. Hy knik waardig. Elk van ons is versonke in ons gedagtes. Is dit weer 'n onverwagte wending? Ons voetval klink hard.

Regter Smuts lyk besorgd. Ons stenografiste is gisteraand positief getoets vir Covid-19. Hy het reeds die aangeleentheid met die regterpresident bespreek. 'n Span sal ons hof ontsmet. Die saak sal vir veertien dae uitgestel word vir ons almal se veiligheid.

Na 'n paar oproepe en raadpleging van dagboeke word die saak in kamers uitgestel vir veertien dae.

# 52

Burgersdorp se stadsaal sit vol. Die professor skud blad met baie growwe, hardwerkende boerehande.

Daar is 'n groep van Aliwal-Noord met 'n banier wat in groot swart letters "TOT HIER" waarsku.

Hy eien van die boere van Venterstad, Steynsburg, Jamestown en Dordrecht.

Hy begin sy toespraak deur die mees onlangse plaasmoord in detail te beskryf.

Egpaar in hul sewentigs. Was liefdevolle mense met werknemers wat vir dekades gelukkig op die plaas werk. Skooltjie laat bou op die plaas.

Die drie rowers het kamma kom werk soek. Hulle het die egpaar oorrompel.

Het geld en vuurwapens gesoek, aldus die bediende. Sy is ook verkrag.

Die boer is met 'n strykyster gebrand teen sy wange nadat hy met draad aan 'n kombuisstoel vasgebind was. Sy vrou is in hul slaapkamer verkrag en toe keelaf gesny.

Die bediende is ná haar verkragting in die badkamer toegesluit.

Die boer het aan brandwonde beswyk met veertien steekwonde in sy buik.

Die rowers is weg met die Toyota-bakkie, 'n selfoon en 'n .303-geweer. Die bakkie is in 'n woonbuurt gevind.

Die hoogleraar se toespraak word kort-kort onderbreek deur die onvergenoegdheid wat oorkook. Wetsgehoorsame burgers wat wraak sweer.

"En nou gaan julle my vra: Wat nou? Wat moet ons aan hierdie byna daaglikse barbarisme doen?"

"Ja, gee u as regsgeleerde vir ons die oplossing!" gil 'n dame.

"Ek gaan dit eers oopstel vir bespreking. Ek wil 'n beter gevoel kry vir hoe die mense van ons streek voel."

Verskeie hande gaan op om 'n spreekbeurt te vra. Die professor wys na 'n man wat voorlangs sit.

"Naand. My van is Richter. Ek boer in die Hofmeyr-distrik. Professor, daar is net één oplossing. Ons moet die doodstraf terugbring. Maar meer as dit. Ons moet publieke teregstellings doen waar mense dit kan aanskou. Nie in 'n gevangenis nie, nie in Pretoria Sentraal nie, maar in die parkeerarea van 'n shopping centre waar honderde mense dit kan sien. TV-spanne moet dit verfilm en dit moet op die nuus gewys word. En die gehangde moet vir 'n paar dae daar hang."

Die gehoor steun hierdie voorstel luidrugtig. Die reaksie is oorverdowend. Uitroepe is hoorbaar.

"Hang die fokkers tot hulle vrot!"

Die prof is ontsteld. Hy lig beide sy arms. Hy pleit om kalmte en stilte. Die rumoer kom moeilik tot bedaring. Hy besef verdere bespreking gaan gevaarlik wees. Hy probeer die gehoor paai en kalmeer.

Nog sprekers gee lug aan hul frustrasies.

"Dames en here, die woorde en jul reaksie illustreer een van frustrasie met die stand van sake in ons land en die onvermoë van wetstoepassers om vir ons gemoedsrus te gee. Ons bevind ons in 'n unieke situasie in die wêreld. Ons is die enigste land met hierdie totaal onaanvaarbare toedrag van sake. Myns insiens gaan dit nie help ons gaan huil by die Amerikaners nie."

"Hulle politiek is 'n klug," laat 'n boer van hom hoor.

"Ons, en net ons, kan hierdie probleem aanspreek. Ons kan dit myns insiens op een van twee maniere doen. Die voorstel van publieke teregstellings gaan nie werk nie.

"Trouens, teregstellings gaan nooit weer in Pretoria plaasvind nie. Die wêreld daar buite het dit namens ons besluit. Dit word as onmenslik geag en dit sal so bly."

'n Boer in die tweede ry spring op. Hy lyk woedend.

"Maar daai besluite was voor hierdie pandemie van plaasmoorde. Unieke probleme verg unieke remedies."

"Ek begryp hoe u voel, maar laat my toe om my twee maniere aan u voor te hou. Ek soek na iets haalbaar en wil die verstaanbare emosie met sinvolle gesprekvoering ontlont.

"Ons staan op 'n kruitvat. Ons is baie naby aan 'n burgeroorlog. Ek pleit vir kalmte."

Dit raak stiller.

"Ons eerste opsie is om aan te karring soos ons tans aankarring. Ons wag in effek vir die volgende moord of die volgende plaas om geskud te word vir gas.

"Ons sê dan maar elke keer op die begrafnis dat dit die laaste sal wees, dat dit net tot hier sal gaan en nie verder nie.

"Met hierdie opsie sit en wag ons vir 'n ewigheid vir ons polisie, die staat en die howe om iets te doen ..."

"En net fokkol gebeur!" skree 'n man uit die gehoor. Daar is 'n gelag en onderlinge beaming.

Die professor glimlag: "Amper neem u die woorde uit my mond uit."

Die gelag se volume neem toe. Hier en daar klap mense hande. Hulle geniet die prof se insig.

"Goed, hoe wend ons hierdie dreigende revolusie af? Want, glo vir my, ons beweeg baie naby daaraan. Elke hofverskyning van moordverdagtes raak 'n potensiële tydbom tussen swart en wit. Oproepe word gerig op sosiale media om te bewapen en op te ruk vir die stryd. Dit kan 'n bloedbad word ..."

"Gee asseblief u tweede opsie, professor?" vra 'n vrou hard.

"Opsie twee is ons moet effektiewer druk plaas en hierdie siek stelsel tot verantwoording roep. Hierdie stelsel moet verander. Dit moet vir u en my, as die publiek, beskerming bied. Ons moet veilig en geborge voel.

"So die kernvraag is: Hoe pas ons effektiewer druk toe? Hoe maak ons, as publiek, die verskil? Hoe red ons wat te redde is?

"Met die totstandkoming van TOT HIER was ons motiewe edel. Dit moet ten alle koste só bly. Dit is edel om oneffektiwiteit aan te spreek deur die oneffektiewe besoedelaars te verwyder en uit te stem en te kla ..."

"Prof, met respek, verduidelik wat u bedoel met uitstem, kla en verwyder. Dit klink na hemelsbreë verskillende benaderings?" vra 'n jong man met 'n baard.

"Ek mag my nie skuldig maak aan aanhitsing nie ..."

"Waar gaan ons kla, prof?"

Die man bly staan en lyk aanvallend.

"By die gesag, in die pers, by wyse van optogte ..."

"Prof, asseblief, ons doen dit al vir jare, maar dit val op dowe ore. Jy kan nie met 'n dikvellige hardhorende redeneer nie. Ons mors ons tyd en asem. Ons het aksie nodig. Daadwerklike aksie!"

Daar is sterk steun in die gehoor. Die jong man gaan voort: "Dan praat u van uitstem. Ons is miljoene sterk, maar ons is in die minderheid. Ons stem beteken niks nie. Hierdie krisis kan nie by wyse van 'n politieke stemmery opgelos word nie. Dan gaan ons vir ewig wag vir geregtigheid terwyl ons mense met strykysters doodgeskroei word. Vertel ons eerder hoe ons die oneffektiewe besoedelaars moet verwyder. Presies wat bedoel u daarmee?"

Die hoogleraar is bewus van die stille afwagting. Die jong man het hom in effek met sy kruisondervraging in 'n hoek gedryf.

"Die regsprofessie het meer manne van u kaliber nodig."

Dié aanloop help. 'n Paar mense glimlag darem weer. Die prof besef dat elke woord nou tel. Die vergadering het ontwikkel tot die gevaarlike stadium waar sy advies tot bloedvergieting mag lei.

"Ons moet kampvegters word vir geregtigheid. Ons moet 'n manier vind om die besoedelaars uit te kry. Daardie klein jakkalse wat die landerye verniel. Hoe u dit doen, hang af van u gewete. Besluit vir uself.

"In hierdie area van ons is bewys tydens die Anglo-Boereoorlog dat ons met min teen die magtige duisende van Engeland kón veg. Jan Smuts het vir ons gewys wat naby Tarkastad met min manne verrig kan word. Julle ken die verhale van die Stormberge hier om ons. Ons moet weet wanneer en waar om toe te slaan en wanneer om tydelik weg te beweeg. Hierdie is weer 'n guerrilla-oorlogvoering wat op ons wag. Dankie vir u tyd en u bydrae. Goeienag."

Dis asof die skare besield is. Die professor het uiteindelik vir hulle gesê wat hulle wou hoor. Daar is hoop, mits elkeen sy klein bydrae lewer in hierdie nuwe vorm van oorlogvoering.

# DEEL TWEE

*In die Hoëveld, waar dit oop is en die hemel wyd daarbo,*
*Waar kuddes waaigras huppel oor die veld,*
*Waar 'n mens nog vry kan asemhaal en aan 'n God kan glo,*
*Staan my huisie, wat ek moes verlaat vir geld,*
*As ek in die gange van die myn hier sit en droom*
*Van die winde op die Hoëveld, ruim en vry,*
*Dan hoor ek die geklinkel van my spore, saal en toom*
*Sawens as ek bees of skaap toe ry.*

Appèlregter Toon van den Heever

# Dag 1

D anie Nortjé se oë lyk ondeund.
Ek neem 'n sluk koffie.

"Jou reklameveldtog werk."

Ek kan nie die kloutjie by die oor bring nie.

"Jou ander twee kollegas se weduwees het my ook genader om soortgelyke eise in te stel."

"Die toeval is net té groot."

"Beide het my gebel en beide voer aan 'n onbekende dame het hulle geskakel en my nommer verstrek. Glo gesê ek sou dringend kon help."

"Wie's sy?"

"Sy het vir beide gesê dat sy hulle later persoonlik sou ontmoet en wou nie haar naam verstrek nie."

"Jy doen vreemde touting. Jy spesialiseer nou in weduwees."

Ons lag. Hy skerts verder: "My ambulance chasers konsentreer nou op lykswaens."

Danie het nie gras onder sy voete laat groei nie. Die middag konsulteer ons reeds met Sylvia Bembe.

Dalk in haar vroeë veertigs. Aantreklik. Mooi bril wat haar fronskeep versag.

Ek het advokaat Archie Bembe geken. Joviaal. Strafpraktyk. Prominente bendeleiers van die Kaapse Vlakte verteenwoordig. Iets aan hom laat 'n mens aan ons Grondwetlike Hof se regter, Dikgang Moseneke, dink. Dit het iets met vasberadenheid te doen. Moseneke wat as vyftienjarige tot tien jaar gevonnis is vir anti-apartheidsoptredes en het twee grade verwerf terwyl hy in die gevangenis was. Sy pad opgewerk tot die regbank van ons hoogste hof. Hy het nie geskroom om die ANC te kritiseer nie. Dit het tot gevolg gehad dat Zuma vir hoofregter Mogoeng Mogoeng ten koste van die ervare Moseneke aangestel het.

Dis vreemd hoe politieke aanstellings werk. Ná 'n paar maande dink daardie regter dat dit op meriete geskied het.

Bembe is in sy motor by 'n diensstasie in Nuweland doodgeskiet deur 'n gemaskerde persoon.

Sy dogter, wat langs hom gesit het, is skrams deur die arm gewond. Sy ontvang steeds berading.

Twee mans het weggejaag in 'n wit Hyundai. Die gesteelde motor is later in Athlone gevind. Geen vingerafdrukke.

Die sekuriteitskamera by die diensstasie was van min hulp.

Luitenant-kolonel Sykes Vermeulen, die ondersoekbeampte, het nog geen arrestasies gemaak nie. Ná die sluipmoordaanval op luitenant-kolonel Charl Kinnear is selfs effektiewe ondersoekbeamptes deesdae in die visier van skelms. Effektiwiteit moet deur die onderwêreld geëlimineer word. Onomkoopbaarheid is volgens sekere bendebase strafbaar met die dood. Kinders word wees gelaat om 'n mond te snoer wat teen hulle mag getuig.

Danie onderbreek mevrou Bembe: "Ons moet 'n verweerder hê vir 'n eis, mevrou."

"Ek weet. Dis hoekom ek nie by 'n prokureur was nie."

Ek probeer raakpunte vind.

"Het u man ooit vir Andrew Evans opgetree of enige kontak met hom gehad?"

"Nie wat ek van weet nie."

"Met watter saak was hy besig toe hy geskiet is?"

"Kolonel Vermeulen het dit ook vir my gevra. Hy het 'n paar hangende sake gehad. Die goed word so dikwels uitgestel."

"Vertel vir my meer van die naamlose oproep."

"Sy het Afrikaans gepraat. Gesê dat ek seker van Charlotte Erasmus se saak in die koerant gelees het. Vir my die nommer van prokureur Nortjé gegee en gesê ek moet dringend bel ... Dis omtrent al. Sy het besorgd geklink en my gevra of ek van mening is dat ek geregtigheid kry."

Haar woorde laat my en Danie na mekaar kyk.

"Het Archie en advokaat Klaus Erasmus of Fred Cohen ooit in dieselfde saak opgetree vir meerdere beskuldigdes?"

"Skandelik, maar ek weet nie. Sy werk het my laat gril. Ons huwelik het baie deur stilstuipefases gegaan. Ons het afgeleer om werklik sinvol te kommunikeer."

"Het u van sy kliënte ontmoet?"

"Nie wat ek kan onthou nie ... Ek het wel eendag in die koerant gelees van 'n uitsmyter by 'n klub in Groenpunt wat hy los gekry het op 'n klag."

"Hoe lank gelede was dit?"

"Sjoe, seker 'n jaar of wat. Daar het later 'n bom ontplof in die klub. Baie was ernstig beseer en vermink. Klink of dit 'n hool was."

"Het u en Archie die ontploffing bespreek?"

"Ons het. Hy was geskok. Hy het iets genoem soos ... dat hy wonder hoeveel sogenaamde private regstelsels in ons land is. Daai uitsmyter het beide sy bene verloor met die ontploffing."

"Wat is kolonel Vermeulen se terugvoer aan u oor Archie se saak?"

"Hy sê hulle is toegegooi onder sake. Hy het syfers genoem oor hoeveel moorde daagliks in Suid-Afrika plaasvind. Ek het min hoop. Daar is nie geld vir 'n privaatspeurder nie."

Sy lyk moeg en ongelukkig.

"Het Archie vyande gehad?"

"Geen. Hy was nie uitgeknip vir hierdie werk nie. Dit het hom laat drink en sy frustrasies op my kom uithaal. Julle advokate kan skynbaar nie julle sake kies nie."

My oproep aan Sykes Vermeulen lewer niks op nie.

Hy klink haastig en gefrustreerd. Hou aan sê dat ons besig is om die oorlog te verloor.

Ná Sylvia Bembe se vertrek herkou ek en Danie ons sake. Ons is bekommerd oor Charlotte Erasmus se kanse om suksesvol te wees. Danie raak 'n ander gevoelige punt aan.

"Dis eintlik lagwekkend dat regter Smuts in hierdie Afrikaanse saak 'n Engelse uitspraak moet gee. Die partye, die regsverteenwoordigers én die regter is almal Afrikaans. Almal getuig in Afrikaans, maar dan skielik moet 'n Engelse uitspraak gegee word."

"Ja, dis 'n skande. Die demografie van die Wes-Kaap is geïgnoreer. Byna 50% van ons bevolking hier is Afrikaans-sprekend. Volgens die laaste sensus is daar meer Xhosa sprekendes as die 20% Engelssprekendes."

"Hoe hoofregter Mogoeng Mogoeng dit kon gelas het, gaan my verstand te bowe. Dis donners ongrondwetlik. Daar was geen behoorlike konsultasieproses nie. Verbeel jou. Engels, die enigste amptelike taal in ons howe."

"Teen 2031, aldus navorsing, sal daar meer as sewe miljoen Afrikaanssprekendes in Suid-Afrika wees. Dis tog 'n inheemse taal en het fokkol met kolonialisme te doen."

"Wat karring almal so met ons? Afrikaanse universiteite wat hul rug op ons taal keer. Wat moet word van ons pragtige Afrikaanse uitsprake oor baie dekades?"

"Regter Toon van den Heever het hom beywer vir Afrikaans op die regbank. Hy het in 1951 die Hertzogprys gewen as skrywer en digter. Moet 'n mens so iets net van die tafel vee?" "Sy dogter, Leonora, hou 'n verdere rekord. Die eerste vrou in Bloemfontein op die Appèlhofbank, drie en veertig jaar ná haar vader. Geslagte van Afrikaanse regters."

"Neem hoofregter Rumpff en later sy skoonseun, Louis Harmse, wat adjunkpresident van die hoogste hof van appèl in Bloemfontein word. Briljante Afrikaners. Die lys hou aan."

"Dis ondeursigtig, gestroop en 'n miskenning van ons wondersoete moederstaal."

# Dag 2

Vaatjie Smith was my kamermaat in Môrewag in matriek. 'n Onsportiewe introvert wat lief is vir musiek.

Ten spyte van die dorp se antagonisme jeens my, skakel ek hom.

Sunnyside se opstal spog met sandsteenvakmanskap. Van die kapok het gesmelt. In voue en skadu's klou dit nog vir bestaansreg. Die laning vuurhoutjiepopuliere doen hul naam gestand. Dun stokkies na bowe, gestroop van hul herfsvlam.

Vaatjie is nooit getroud nie. Hy het gewig verloor.

Ons gesels oor koeitjies en kalfies in die sonkamer. Ek vertel hom van die koue ontvangs wat ek in Molteno ervaar.

Hy bly 'n ruk stil maar skraap dan genoeg moed bymekaar. "Wees baie versigtig, Max. Hulle sien jou as 'n staatspioen."

"Hoekom?"

Hy wys met sy hand asof hy my vraag wil stop en verander die onderwerp.

Ek simpatiseer met sy pa se dood. Hy knik en swyg.

Ek vertel hom van my hangende moordsaak en die feite met die hoop dat ek sy tong los kan kry.

"Snelle regspleging," is al wat hy kwytraak.

Ek probeer die spanning tussen die twee faksies in die dorp aanroer. Hy begin geleidelik ontdooi.

"Die probleem met fracking is dat dit nie net die water op jou eiendom bevuil nie. Jy bevuil 'n bron waarvan die gemeenskap afhanklik is. Dis amper soos Covid-19. Dit besmet alles en almal. Die enigste verskil tussen fracking en Covid is dat daar vroegtydig 'n teenmiddel beskikbaar is. 'n Eenvoudige een. Jy doen dit nie. Jy verhoed dat dit gedoen word. 'n Voorkombare pandemie. Jy laat vaar jou kortsigtige gulsigheid. Ek en my pa het hemelsbreed hieroor verskil."

Hy raak weer stil. Ek probeer hom aanpor.

"Wou hy verkoop aan 'n fracker?"

"Ja, hy was vraatsugtig. Asof hy nie vir ons gesin reeds genoeg laat ly het nie. Jy weet nie van my lyding op skool nie. Ek het dit vir almal verswyg. Ek treur nie oor sy dood nie. Geregtigheid se wiele draai soms stadig, maar hulle draai."

"As vriend kan ek jou dan vertel dat daar 'n gerug in die dorp rondlê dat hy vermoor is."

Sy reaksie is vreemd. Hy frons lank en knik dan amper aanhoudend. Sy antwoord is nog vreemder.

"Watter bewyse is daar? Sal ons daai verrotte Covid-lyk gaan opgrawe om te kyk hoe hy versmoor het?"

"Maar hy is in die konferensiesentrum se ingerigte hospitaal dood met ventilators?"

"In die Wes-Kaap gaan dit oor politiek. Op 'n stadium het hulle die hoogste getal Covid-gevalle gehad; of was hulle die effektiefste met hul toetsing? Ek dink iemand vrek en versmoor stadig as jy 'n ventilator afskakel."

Sy gesig het verhard. Hy lyk anders as op skool.

"Maar daar is verpleegpersoneel en waarskuwingsmeganismes?"

Hy maak 'n geluid asof hy wil lag. Dit klink asof hy met homself praat.

"Hy het Rattex verdien. Bietjie vir bietjie, maar kort-kort. Ek sou sy oë wou sien terwyl die rottegif hom vreet. Die fokker."

"Jy voel sterk oor wat reg en verkeerd is?"

"Max, die lewe het vir my geleer dat as iemand aanhou om krom stokke in jou hol te druk, dan raak jy gatvol. Letterlik en figuurlik. Professor Almero Beukes het besielende werk vir geregtigheid in Molteno kom doen. My ma is nog meer gebreinspoel deur hom as wat ek is. Breinspoel klink verkeerd. Ons het uiteindelik tot die ware besef gekom van die noodsaaklikheid om self iets te doen om totale verrotting van 'n gemeenskap te verhoed."

"Dit is vir my verstaanbaar dat die prof 'n beweging, TOT HIER, op die been gebring het. Die mense besef dat hulle meer op hulself aangewese is om oplossings te vind. Ons moet die verval en verrotting op ons eie manier stuit."

"Presies," beaam Vaatjie. "Daar is baie Afrikaners, Engelse en ander besorgdes wat net nie meer Gods water oor Gods akker wil laat loop nie. Ons volk het iewers hulle veglus verloor, maar ons herwin dit geleidelik namate 'n mens na die prof se toesprake luister. Hy sit dikwels op die regbank in die Kaap en het eerstehandse kennis van wat in ons howe aangaan.

"Hy praat van die polisie as 'n tweekopslang. Hulle is korrup. Vuurwapens wat die publiek moes gaan inhandig word deur hulle aan bendes verkoop. Moerse winsgewende besigheid. Daai slang skroom nie om te pik in sy eie geledere as iemand die onreg op die lappe wil bring nie.

"Die prof meen dat korrupte politici gewetenloos ons natuur sal opfok vir geld. Dit is die kern van die tweespalt in ons distrik. Die ouens gaan mekaar nog doodmaak. Hulle sê, tot hier, en nie verder nie."

Na dié relaas kyk Vaatjie my 'n oomblik stil aan. "Dit is hoekom ek jou waarsku, Max. Moenie hierdie mense onderskat nie. Hulle sien jou as 'n dienaar van die korrupte polisie en regering wat inligting wil insamel. Daar is 'n desperate en gevaarlike faksie in hierdie beweging. Hulle het geleer om die reg liewer in hul eie hande te neem."

"Dis eintlik ironies, Vaatjie. My desperaatheid met ons howe en die polisie lê juis ten grondslag van my hangende moordsaak. My kwansuise ondervragingsmetodes om resultate te verkry het van my 'n moordenaar, dalk, gemaak. 'n Oorgretige ondervraer na die waarheid. 'n Bespoediger van geregtigheid. En nou word hierdie moordenaar met die rein motief gejag deur sy eie dorpsmense. Hulle sien hom as 'n valse profeet, 'n klikbek, 'n afloerder, 'n impimpi.

"Intussen, Vaatjie, veg ons eintlik saam in dieselfde army teen dieselfde vyand. Ons desperaatheid het ons egter wantrouig gemaak op almal om ons. Nou die aand in die kroeg het ek besef ek word as 'n tipiese hanskakie gesien. Die blik verf oor my kar is so goed as 'n teer-en-veer afranseling. Dit illustreer hoe gevaarlik dit kan raak wanneer ons die reg in ons eie hande wil neem. Die straf word voor die verhoor ingespan. Die verdagte word nooit aangehoor nie. Almal aanvaar ek is teen hulle, maar die teenoorgestelde is eintlik waar."

"Dis moerse kompleks, Max. Sommige van die ouens is verby die stadium om na rede te luister. Hulle ervaar daagliks frustrasie op frustrasie. Van paaie vol slaggate, oneffektiewe dienslewering, besoedeling – nie net van ons water nie, maar van alles om ons. Rommelhope op sypaadjies. Elke dag in die pers is daar miljoene rande se tenderbedrog. Skaamtelose parasiete selfs in die tyd van Covid-19. Plaasmoorde, verminking, wetteloosheid en gat happery."

"Ja, Vaatjie, dit is jammer hulle wou my nie 'n billike verhoor gee nie. Ek was prematuur gebrandmerk as 'n skelm.

Dit maak my de moer in. Ek gaan nie vlug nie. Die ouens ken my te swak. Ek gaan nie met my laat rondfok nie."

"Jy het niks verander nie, Max, Meneer Gerber kon jou nooit inbreek in Môrewag nie."

# Dag 3

E laine Cohen se lippe beweeg asof sy gereedmaak vir 'n soen. Sy maak pal 'n tuitbekkie. Dit verklaar die talle plooitjies op haar bolip.

Sy is senuagtig en het 'n kommerwekkende losse kug.

Ek het gister afskrifte van Archie Bembe en Fred Cohen se moorddossiere van luitenant-kolonel Sykes Vermeulen bekom. Ek het 'n patroon probeer vasstel. Dit voel of ons oppervlakkig krap.

Fred was een van die oudste lede van ons balie. Hy net nooit 'n senior advokaat geword nie. 'n Vriendelike, opregte kollega.

Wie sou hom wou vermoor? In die pylvak van sy lewe. Hy het aan sy kamers geklou met sy lewe. Soms vir etlike maande agterstallig met sy vloerfooie. Ek was een keer in sy kantoor. Stapels slordige papiere met hier en daar 'n koerant tussen-in. Sy lessenaar het beswaarlik werkspasie gehad. Dit was eerder sy argief oor dekades van afsloof.

Later was hy afhanklik van die pro Deo-lys en regshulp. Moord en gewapende roof-sake waarin hy vir die beskuldigdes moes optree. Die staat se betalings hiervoor was nie altyd stiptelik nie. Baie pro Deo-advokate probeer hard om hulle beskuldigdes te kry om skuldig te pleit. Dan kry die advokate hopelik gouer hulle vergoeding. Fred was anders. Hy het nougeset sy opdrag uitgevoer.

Elaine se gedagtes speel haar parte oor van Fred se sake. Sy lyk onstabiel. Beslis nie getuiemateriaal nie. Sy vertel hoe Fred vir haar en hul seun vaderlik versorg het. Saans het hy vir haar van sy hofsake vertel. Uit haar oë straal 'n bewondering. Sy kan nie die detail van die sake onthou nie.

Sy onthou wel dat 'n speurder by haar was ná Fred se moord. Hy't gesê dat hy haar weer sou kontak, maar hy het toe nie.

Ek vat 'n wilde kans. Ek skakel die balieraad se sekretaresse en vra of Fred se kantoor na sy dood weer verhuur is. Tydens die grendeltyd het vele advokate die balie verlaat. Baie het besef hulle kon liewer van hul huise af met behulp van tegnologie praktiseer. Baie ander se praktyke kon nie die slag van die pandemie oorleef nie. Die gevolg was dat talle kamers wat die balieraad vir lede gehuur het, skielik leeggestaan het.

Net nog 'n hartseer gevolg wat die virus veroorsaak het.

Die sekretaresse noem aan my dat Fred se kamers 'n tameletjie geword het omrede sy weduwee nie reageer het op talle versoeke dat sy Fred se kantoorinhoud moet verwyder nie. Alles staan nog net so.

Ek reël vir toegang tot sy kamers. Ons neem Elaine Cohen saam. Ek het aanvanklik getwyfel of dit enigsins sou kon help. Intussen het Danie gereël dat een van sy kandidaatprokureurs ons kom help.

Die kamers ruik muwwerig. Elaine lyk op haar senuwees. Dit lyk of sy bang is dat Fred tog, agter die stapels, op sy stoel mag sit. Sy loer versigtig en leun vorentoe. Daar is tóg 'n orde in die wanorde. Ons vind dat die stapels kronologies gerangskik is. Sy dagboekinskrywings is verbasend volledig. Tye van afsprake en met wie en waar.

Ek voel angstig. Hierdie is baie dae se stowwerige werk.

# Dag 4

Sy kruis haar bene. Sy sit teen die gang in die tweede ry. Dit lyk of sy pal glimlag. Daar is seker vyftig studente in die lesinglokaal.

Myns insiens is die Universiteit Kaapstad wys om praktiserende advokate en prokureurs uit te nooi om oor sekere onderwerpe in die praktyk te praat.

My lesing gaan oor kruisondervraging. Ek het min voorberei. Ons het die grootste deel van die dag Fred Cohen se sake nagegaan en iets probeer wys raak.

Ek onthou toe ek, nadat ek my graad verwerf het, as aanklaer op my eerste dag nie geweet het wanneer om te sit of te staan in 'n hof nie. Praktiese opleiding het totaal ontbreek. Dosente was akademici. Baie van hulle het geen of min hofondervinding. Besluite moet soms vinnig tydens 'n hofsaak gemaak word. Hopelik sal die praktisyns se lesings van waarde wees.

Kruisondervraging is 'n lekker onderwerp om oor te praat. Die studente lyk gretig. Ek lei in deur te benadruk dat dit praktisyns se belangrikste stuk gereedskap is in ons soeke na die waarheid in die hof.

In dieselfde asem benadruk ek dat dit die moeilikste stuk gereedskap is om te hanteer.

Sy glimlag steeds. Sy lyk ouer as die ander.

In die ongeveer dertig minute aan my toegestaan wei ek uit oor deeglike voorbereiding ten einde kruisondervraging effektief te kan doen. Ek lê ook klem op geduld, beleefdheid, fyn luister, logika, selfbeheersing, instink, versigtigheid, stemtoon, oogkontak en handgebruik.

Dit is noodsaaklik om tydens kruisondervraging vir die regter of landdros geïnteresseerd te hou. Die ondervraer moet ook 'n goeie akteur wees; in die sin dat indien die getuie se antwoord seermaak, die ondervraer dit nie moet wys nie. Ek gee 'n paar kort praktiese illustrasies en verwys hulle na boeke oor die onderwerp.

"Sien jou funksie in die hof as kruisondervraer om die hof te help om by die waarheid uit te kom. Ons stelsel plaas vreemde inperkinge op 'n regter se vermoë om vrae te vra in die hof. Ons gesag verwys daarna as 'n neerdaal tot die arena waar die advokate teen mekaar die geveg aansê.

"Die regter se oë sal kwansuis, aldus van ons hofuitsprake, vol stof raak, wat sy uitsig as skeidsregter sal belemmer. In dusdanige gevalle word 'n briljante juris en ervare ondervraer se mond tot 'n mate gesnoer. Justitia het dus benewens haar blinddoek ook 'n vorm van 'n muilband om haar mond. 'n Vreemde Covid-19-masker.

"Dit het mode geword om aansoeke te rig om die rekusering van die voorsittende beampte. Daar word derhalwe gevra dat die regter hom of haar moet onttrek wanneer 'n litigant meen dat die vrae van die regter die indruk wek dat die geskil vooraf beoordeel word.

"Só 'n litigant beweer dan dat die regter se vrae kamma meebring dat reg en geregtigheid nie sal geskied nie. Dit laat 'n mens dink aan 'n uiters versigtige sweefstokarties wat sy balans perfek moet handhaaf om volgens almal se oë 'n vleklose onpartydigheid voor te hou.

"Gebruik dus julle gereedskap wat tot jul beskikking is om ook vir hierdie leemte te kompenseer. Julle kan sin en gestalte gee aan Justitia se swaard en weegskaal. Dit is tog die kern en strewe van wat regspleging behoort te wees."

My tyd is gou om. 'n Dosent bedank my. Die studente is haastig om uit te kom. Dis winter, koud en donker.

Terwyl ek my tas pak, raak ek bewus van haar nabyheid. My hart bons in ongeloof.

"Naand. Ek volg jou saak. Hulle neem elke oggend my temperatuur by die hof."

Sy klink Vlaams. Sy lyk sprankelend. Haar blonde kop lyk natuurlik. Dalk op pad na dertig. Pragtig en kleurvol geklee.

"Naand, ja ons laat net koue dames toe om te kom luister."

Sy geniet die humor. Haar oë vonkel. Ons gesels maklik. Sy is besig met 'n doktorale tesis in forensiese sielkunde. Sy klink belese. Het aanvanklik aan die Universiteit van Gent in België studeer. Ironies is dit Suid-Afrika se misdaadstatistiek wat haar hierheen gelok het vir haar verdere studie. Sy wil by my weet of iemand al 'n kriminele profiel opgestel het van die drie advokate se grusame moorde. Sy voeg by dat die top-drieloopbane van reeksmoordenaars vliegtuigmonteerders, skoenherstellers en voertuigsitplekstoffeerders is.

"Baie interessant. Jammer dat ons jou nie sal kan be-kostig nie."

"Ek sal gratis vir julle werk. Dit sal vir my van onskatbare waarde wees vir my tesis."

Anita Klomp laat my hart bokspring.

# Dag 5

Die Koekhuis laat mens aan 'n troukoek dink. Dis ongeveer 09:00. Ek sit in my motor en kry koud. Ek het so parkeer dat ek die Koekhuis se garagedeur en voorhekkie kan sien. Die ruite wasem toe.

Vaatjie het my ingelig omtrent professor Almero Beukes. Afgetrede dekaan van die regsfakulteit aan die Universiteit Boland. Reeds 'n tydjie gelede kom aftree in Molteno. Hy woon stoksielalleen in die pragtige ou Koekhuis naby die skool.

Volgens Vaatjie sit die prof heelwat saam met sy regtersvriende in die Kaap as assessor in strafsake.

Die boere van die distrik dra die hoogleraar op hul hande.

Eleanor, volgens Vaatjie, het baie by die Koekhuis besoek afgelê.

Molteno word traag en styf wakker. Ek hoor 'n laatslaaphaan sukkelend kraai.

Daar is beweging by die voorhek. Ek vryf van die wasem weg. 'n Groot man stap by die hekkie uit. Hy dra 'n tas. Hy het 'n plat pet op. Sy groen serp verklik sy lojaliteit. 'n Dame kom om die hoek. Hy praat met haar. Moet sy bediende wees. Sy gaan by die voorhekkie in. Hy maak die motorhuisdeure oop. Plaas die tas in die kattebak van 'n kragtige Audi en ry by my verby.

Dis ongeveer 21:00. Die dorp is doodstil. Ek is geflits en gehandskoen.

Iewers blaf 'n hond. Hopelik moet hy nie vanaand buite slaap nie. Dis ysig koud. Die sypaadjie kraak. Met my stap van Ant Nien se losieshuis af, het ek nie my flits gebruik nie. Soms het ek en Vaatjie Woensdagaande by een van Môrewag se vensters uitgeglip. Die stadsaal se projektorkamer het 'n buitetrap gehad. Die projektor-oom het ons toegelaat om dan saam met hom fliek te kyk deur daardie klein venstertjies. Hy het ons tydig gewaarsku, voor die einde, om te gaan voordat die fliekgangers se motors die stil strate versteur. Nooit die verdomde flieks se einde kon sien nie.

Vanaand verstaan ek die Koekhuis se naam beter. Die stoep op die dak lyk soos versiersels op 'n koek in die maanlig. Kunstige versiersuikerkuns.

Die hekkie is ongesluit. 'n Hoë heining omring die eiendom. Die klippies op die tuinpaadjie knars. Ek stap eers om die huis. Alles is toe. Dit lyk nie of daar iemand inslaap op die perseel nie.

Onder die voordeurmatjie lê die Yale-slot se sleutel. Geen alarmstelsel. Plattelandse vertroue in hul medemens.

Ek sluit die deur oop, plaas die sleutel terug onder die matjie en beweeg na binne terwyl ek die deur agter my toedruk.

Die breë gang se plankvloer kla onder my voete. Ek gebruik die flits om die uitleg van die huis te bepaal. Ek stel belang in die studeerkamer. 'n Pragtige boekversameling. Vele boekrakke. Ou lessenaar. Gemakstoele. Die drie-laai liasseerkabinet is gesluit.

Ek werk deur die lessenaarlaaie met die flits onder my ken vasgedruk. Die inhoud lewer nie veel op nie.

In 'n houtpotjie op die lessenaar vind ek die liasseerkabinet se sleutel. Die boonste laai se indeksering bespoedig my soektog. Heelwat navorsingstukke, testament, inkomste-belastingstate ...

Die tweede laai blyk van die sake te wees waarin die prof 'n assessor was. Hier en daar is 'n regter of advokaat se naam omkring.

Ek bly haastig. Asof iets my aanjaag. Ek hoor weer daai hond blaf.

Die derde laai is 'n verrassing. Vele dokumente handel met TOT HIER-vergaderings. Notules, besluite, presensielyste. Ek begin verstaan hoekom mense ongelukkig is oor my teen-woordigheid in die dorp. Was hulle reg dat ek 'n spioen is? Wat wil ek bereik? Ek wil myself vergewis dat my swartver-wers niks onwettig aanvang nie. Ek bly 'n kolonel.

Dalk nie 'n spioen aangestel deur die staat nie, maar 'n selfaangestelde een. Ek probeer detail memoriseer. Dis 'n onbegonne taak.

Op een vel papier verskyn vier name: advokaat Fred Cohen, advokaat Archie Bembe en advokaat Klaus Erasmus. Hulle het regmerkies voor hul name.

Die vierde naam laat my sluk. Dis my kollegemaat, kolonel Sykes Vermeulen. Hy het nie 'n merkie voor sy naam nie.

Die volgende vakkie is gemerk "Planet Hollywood Bar".

Daar is verskeie foto's en koerantuitknipsels. Die foto's toon verwoesting en chaos nadat 'n bom, of bomme, ontplof het.

Ek onthou die slagting van meer as twee dekades gelede.

Die volgende vakkie se indeks lees "Rousers". Die fotograaf moes die ingang oor 'n tydperk onder observasie gehou het. Verskeie foto's is van persone wat kom en gaan. Ek herken hom dadelik. Die jare het hom nie goed behandel nie. Ons paaie was só lank geskei, maar dis ongetwyfeld Sykes Vermeulen.

Ek verstyf. Ek hoor 'n motordeur naby toeklap. Dit klink soos voor by die motorhuis.

Ek voel soos 'n vasgekeerde rot in 'n kamer vol katte.

Ek handel instinktief. Ek sluit en bêre die sleutel. 'n Motor skakel aan. Ek kan die voertuig hoor luier in die motorhuis. Ek haas my in die rigting van die kombuis. Ek hoor 'n motordeur toeklap.

Ek stamp teen 'n tafeltjie in die breë gang. Ek probeer rustiger asemhaal. Dis stikdonker. Ek moet die flits gebruik.

Ek hoor die tuinpaadjie se los gruis kraak. Ek is in die kombuis. Die deur is sleutelloos. Ek soek angstig rond, maar kry niks.

Ek hoor die sleutel in die voordeurslot. Ek klim op die opwasbak en vind die vensterhandvatsel. Gelukkig is daar geen diefwering nie.

Die gang se lig gaan aan.

Ek glip uit en druk die venster sover moontlik toe.

Daar's nie meer tyd nie.

# Dag 6

Danie Nortjé kyk my verbaas aan nadat ek hom aan Anita Klomp, in my kamers, voorstel.

Danie se ontvangs van Anita is heelwat koeler as myne. Hy vra haar uit omtrent haar kwalifikasies. Sy het 'n magistergraad in Sielkunde voltooi aan die Universiteit van Gent en is besig met haar doktorsgraad aan die Universiteit van Kaapstad.

Sy oortuig my ongetwyfeld dat ons kan baat by haar insette.

Danie delf egter verder. Hy vra uit omtrent haar tesis en wat sy wil bereik deur haar dienste aan ons te bied.

Sy verduidelik dat sy streef na strafregtelike geregtigheid. Sy meen sy kan vir ons sielkundige kundigheid verskaf in ons soeke na die waarheid. Sy kan mense evalueer. Sy wil psigoterapie aan die weduwees bied.

Danie is steeds bekommerd oor die hantering van konfidensialiteit. Hy benadruk dat sy nou persoonlike inligting mag bekom van slagoffers ter bevordering van haar beoogde doktorale tesis.

Ek skuif ongemaklik rond. Haar glimlag en selfvertroue stel my gerus. Haar antwoord is oortuigend: "Kyk Danie, ek bied goedgunstiglik my dienste aan. Ek verkeer onder geen illusie dat my rol nie sal wees soos forensiese sielkundiges in flieks en op TV uitgebeeld word nie. Ek is nie hier om 'n quick fix in jul raaiselagtige probleem te verskaf nie.

"Die sake prikkel my belangstelling. Ek wil graag help. Ek dink ek kan van hulp wees. Ek sal alles as vertroulik ag. Niemand se identiteit hoef in my doktorale tesis openbaar te word nie.

"As julle ongemaklik voel, dan sal ek gaan. Ek het reeds baie ure se navorsing gedoen wat ek gratis aan julle beskikbaar sal stel."

Ek kyk nou vraend na haar en antwoord voordat Danie alles beduiwel: "Klink vir my uitstekend. Dankie, Anita."

Danie swyg.

Ek begin deur die feite van die moorde hardop deur te werk. Sy gee haar mening eerlik: "Een ding staan uit soos 'n seer vinger. Waarom is kolonel Sykes Vermeulen nie terug na Elaine Cohen nie?"

"Hulle is toegegooi onder werk. Jy ken seker die moord-statistiek in die Kaap?"

Danie klink onvriendelik. Sy kap terug.

"Dis nie vir my goed genoeg nie. Hierdie is 'n tergende hoëprofielsaak. Die publiek smag na geregtigheid. Die sake mag nie koud word nie. Wat is die gemene deler in die drie moorde?"

Ek hou van haar ferm analitiese benadering. Sy dwing re-spek af. Ek wys haar op Elaine Cohen se emosionele toestand.

Sy maak haar tassie oop en haal notas en koerant-uitknipsels uit.

Sy boei my. Sy pak die koerantfoto's langs mekaar op my lessenaar uit.

"Kolonel Sykes Vermeulen het 'n beheptheid met die pers en publisiteit. Kom ek illustreer dit. Geval nommer een. Hierdie een het sy ouers vermoor. Hier is Sykes Vermeulen en nog drie speurders afgeneem by die lughawe. Dis nou om seker te maak dat die beskuldigde terugkeer nadat sy borgtogvoorwaardes verander is sodat hy sy ouma in Pretoria kon gaan groet."

"Dis 'n geldige argument," beaam Danie.

"Dankie, Danie. Maar waarom viér speurders? Want die pers was daar. Sykes wil gesien word. Die ander belangrike moordsake kan wag. Die kalklig bekoor hom."

Ek probeer by haar vasstel wat dit vir ons in die sak bring.

"Dit plaas 'n groot vraagteken agter sy geloofwaardigheid. Hy is op 'n manier betrokke by al drie ons moordgevalle. Gee my kans om my teorie beter te illustreer. Geval nommer twee. Evans se moord op sy vrou. Sy word in die badkamer gevind waar sy hang aan 'n koord van haar japon aan die handdoekhak. Sykes is ondersoekbeampte. Baie publisiteit. Fotograwe gretig vir foto's. Sykes se kos. Dit was 'n lang verhoor. Evans stap vry uit. Maar, dis nie my punt nie.

"Verskeie psigiaters getuig in die verhoor oor etlike dae. Dit gaan, onder andere, oor toerekeningsvatbaarheid. En, wat vind ons? Viér speurders sit en ballas bak in die hof terwyl deskundiges getuig. Ander moordondersoeke staan stil. Hulle verskyn elke dag in die koerant. Hardwerkende bloedjies."

Haar drif en taal is onverwags. Ek glimlag.

"Julle moet vir Sykes Vermeulen onder die vergrootglas plaas."

Haar woorde is skaars koud toe Sykes my bel. Hy klink verbouereerd.

Hy vertel my van sy kollega, Max Kriegler, se skokkende vonds in Molteno. Sykes se naam is op die lys. My drie kollegas se name ook met regmerkies langs hul name.

Ek kry Max Kriegler se nommer by hom en troos hom. Ons bespreek 'n dringende lasbrief sodat hulle op die kabinet beslag kan lê.

Voordat ek dit met Anita en Danie bespreek, bel ek vir Max Kriegler. Terwyl die foon lui, dink ek aan die impak van Sykes se storie op Anita se teorie.

Max klink aangenaam. Ek verduidelik ons betrokkenheid by die drie name met die regmerkies.

"Hierdie ouens is gevaarlik. Die prof sit baie as assessor in die Kaap."

Hy vertel van TOT HIER. En van Vaatjie en Eleanor Smith en waar sy is. Hy neem my adres en epos besonderhede en belowe om my op hoogte te hou.

Ek vertel vir Danie en Anita in meer detail van my gesprek met Sykes en Max.

"Knou dit nie jou teorie nie?" vra Danie aan Anita. Dit lyk of sy haar vererg. Sy word blosend rooi.

"Ek bly by my standpunt. Hierdie is meer as om opsetlik slapgat te wees."

Ek probeer die ongemaklikheid ontlont en praat met Danie.

"Jy besef wat dit vir ons saak teen Andrew Evans beteken?"

Hy knik sy kop stadig en ongretig. Anita lyk of sy bestek opneem.

Delos is 'n gewilde kuierplek in Tuine. Dis 'n na werk uithangplek.

Danie het altyd 'n gewillige arm om te draai vir 'n glas wyn. Ek wil die plooie tussen hom en Anita probeer uitstryk. Anita bestel 'n glas Chardonnay. Gebore in Gent. Gekaap deur die Kaap se skoonheid. Woonstel in Rondebosch. Hou van stap en studeer.

Sy onderneem om al drie weduwees op te soek en met hul te konsulteer.

Ons tyd bekommer my. Dis asof ons binne 'n paar dae 'n polisieondersoek *de novo* moet doen en voltooi. Ek klink my glas teen hare en Danie s'n.

"Gesondheid en welkom aan boord."

Ek spoel die Sauvignon Blanc behaaglik deur my kieste.

Sy sit die gesprek voort: "Ek geniet jou kruisondervraging. Ek lees dat dit meer werd is as die eed wat getuies aflê."

Danie begin saam koer. "Die eed is net 'n versie. Dit beteken niks. Dis bloot 'n inleidende formaliteit."

In die hoek moes iemand 'n goeie grap vertel het. Daar is 'n harde geskater. Wyn lok beter reaksie op grappe uit.

Sy bly nuuskierig.

"Kan 'n mens kruisondervraging aanleer of hang dit af van of jy 'n nuuskierige geaardheid het?"

"Seker 'n aanvoeling wat met tyd verbeter. Soms blote geluk. Flieks is misleidend. In die praktyk bars die getuie nie in trane uit en beken skielik al sy sondes nie."

Ons bespreek Sykes se lasbrief en bespiegel oor die inhoud van Almero Beukes se kabinet.

Ná die tweede glas wyn is daar 'n gemoedelikheid. Sy is meer op haar gemak. Danie geniet die gesprek. Sy begin 'n nuwe onderwerp.

"Hoe voel julle oor die etiese standaarde van ons regslui? Boesem alle regters en advokate vertroue in? Sien alle prokureurs hulself as ware amptenare van die howe?"

"Ja, dis 'n mondvol," begin Danie. Hy klink verdedigend. "Het alle beroepe maar nie hulle vrot appels nie? Dokters wat pasiënte betas. Ouditeurs wat steel."

Ek laat hulle toe om te borduur. In my stilligheid kan ek my verkyk aan haar.

"Ek hoor wat jy sê, Danie, maar vir my is regspleging en ons regstelsel toonaangewend. As ek praat van ons regstelsel, praat ek van ons oneffektiewe Suid-Afrikaanse regstelsel. Dit moet tog die nasie se trots wees? Deesdae moet 'n mens voortdurend verskonings soek. Almal wil vir regstellende aksie die skuld gee, maar hul sit die pot mis."

Ek neem 'n sluk wyn en geniet hulle diskoers.

"Waar lê die probleem volgens jou, Anita?"

"Die probleem is die gelatenheid waarmee 'n baie groot deel van die bevolking eenvoudig die omstandighede aanvaar waarin hulle hulself bevind. Die onlangse Stellenbosch-verkragter se dood het die publiek vir 'n rukkie moerig gemaak, maar dan gaan lê die wind maar net. Ons politici doen niks. Ons stelsel bly aanpoer."

Sy lig haar glas en kyk deur die wyn.

Ek breek my stilswye:

"Waar lê die oplossing, Anita?"

"In hierdie derdewêreldse land wat voortdurend afgegradeer word, moet die politici tot harder verantwoording geroep word. Daar moet 'n groter opspraakwekkende verleentheid vir hulle geskep word. Hulle kleremaker moet besef ons regstelsel dra die verkeerde snit vir ons weer en omstandighede. Die hele spul moet wakker geskud word."

"Hoe kry jy dit reg?" wil Danie weet. Hy bestel nog 'n glas wyn.

"Jy begin doen wat jy kan om die vrot appels te verwyder. Jy reinig en ontsmet jou vrot stelsel en dwing hulle om van jou aandag te neem. Jy kry die publiek se volle steun. Nie net 'n paar briefskrywers in *Die Burger* nie."

"Dis soos poep teen die wind." Danie lag vir sy eie grappie.

"Wel, Zuma het sy gat gesien. Daar ís 'n wil daar buite van mense wat geregtigheid soek. Dit moet net reg kanaliseer word."

"Hoe bepaal jy wie die vrot appels is? Wat is jou barometer? Wie bepaal dit?"

"Dis maklik. Jou regsgevoel dikteer dit. Skelm regters moet waai. En gou ook. Prokureurs wat steel, moet waai. Hulle besmet hul kliënte. Onetiese advokate moet uit. 'n Advokaat wat owerspel pleeg, is 'n skelm verneuker. Hy's so goed soos 'n dief. Hy steel van sy vrou. Hy huigel. Hy is onbetroubaar. Hy mag nie iemand se adviseur wees nie. Sulke regslui knou ons vertroue in die reg en ons howe."

Ek sluk. Ek wonder of sy my gedagtes kan lees. Danie wil nog dieper delf.

"Ek gaan jou nie vra hoe jy hulle verwyder nie, maar gestel hulle is uit en weg, of wat ook al. Is ons dan genees? Is ons stelsel dan effektief? Sal ons misdaadstatistiek dan normaliseer en in lyn wees met die res van die wêreld?"

"Nee, dit is helaas nie só maklik nie. Dit is waarom ek my studies in Suid-Afrika wou voortsit. Ek wil illustreer dat selfs die vrotste kol of stelsel verander kan word."

"Sjoe! So, jy wil wonderwerke verrig?"

Danie kyk spottend in my rigting.

"Wel, ek wil ten minste probeer. Die fokop sal nie vanself weggaan nie."

Ons lag nou saam en klink glasies.

# Dag 7

## MOLTENO
## MAX KRIEGLER

Ek voel soos alles wat sleg is. 'n Muiter, verraaier, hanskakie, oorloper, klikbek en 'n lafaard. Die professor predik soos ek voel, maar nou swaai ek gat om. Nou moet die patetiese reg kamma kom ingryp.

Ek dink dit het meer te doen met die wyse waarop ek ontvang is deur my eens geliefde tuisdorp. Verf oor my kar. Valslik uitgekryt as 'n spioen en amper gebliksem deur dronkgatte in die kroeg.

Nou soek ek op 'n vreemde wyse wraak. Ek hap my medebroeders in die verdrukking. Ek gaan hulle kroonprins laat toesluit. Die prof wat niks aan my gedoen het nie.

Is ek kortsigtig, of doen ek my plig as polisieman? Bewonder en beny ek hom nie in die stilligheid nie? Hy moet my net nie nou sien nie. Niemand moet my hier sien nie. Net die manne met die lasbrief weet van my.

Die liasseerkabinet bevat verdoemende getuienis. In net 'n paar sekondes kon ek dit besef. Gemenespel deur gefrustreerdes. Boekstawing van aandadigheid.

Dis nog donker.

Ek staan op 'n veilige afstand oorkant die straat. Ek gaan vandag nog my ry uit Molteno moet kry. Daar sal waarskynlik verdere arrestasies volg sodra die notules deurgewerk word deur die staat.

Op 'n manier voel ek soos Judas. Ek hoor 'n haan hees kraai.

Twee manne nader die voordeur. Hul klop klink hard in die koue oggendlug.

Molteno het die hoogleraar met sy mus op sy kop leer slaap. Hy het 'n kamerjas aan. En daai serp.

Hy lyk deur die slaap onder die stoep se lig. Die dag breek traag.

Die voorstelling vind plaas. Die lasbrief word getoon. Die prof trek sy skouers op en wys hulle kan inkom. Nog beamptes verskyn en beweeg na binne.

Ek wag in spanning onder die boom oorkant die straat.

Waarom sal die professor, 'n regsgeleerde, só ver gaan? Of maak hy soos ek? Is beide van ons gefrustreerd en te-leurgesteld?

Ek wonder of hulle hom sal boei.

My selfoon lui. Ant Nien klink histeries.

"My kind, twee mans met balaklawas het by die huis ingebars. Hulle is na jou kamer. Alles omgekrap en op die vloer gegooi. Hulle is hier weg met 'n bakkie. Ek dink hulle soek na jou!"

Daar is beweging by die professor se voorhek. Ek hoor die apologie wat tot hom gerig word.

Die beamptes kom onverrigter sake te voorskyn.

'n Vreemde vrees pak my beet. Ek skuil agter die boom op die sypaadjie.

Onder in die straat kom 'n voertuig om die hoek. Dit stop ongeveer vyftig meter weg. Die ligte word afgeskakel. Die prof beweeg in sy huis in. Ek stap vinnig nader. Ek word verwittig deur die polisie dat daar geen kabinet in die huis is nie.

Ek voel soos 'n persoon wat gevonnis word. Die skrif is aan die muur.

Skuil-skuil beweeg ek in die rigting van die poskantoor, weg van die taakspan af. Nou skerts hulle hardop.

Ek verwyl 'n paar sekondes by die poskantoor. Ek hoor hoe die taakspan hulle ry kry terug na Queenstown.

Ek kruis die straat na die landdroskantoor.

Sy kloktoring is nou sigbaar in die oggendlig.

My motor het ek voor die Stormberg parkeer. Dit is 'n entjie weg. Ek dink aan Sykes se angstige stem met ons laaste gesprek. Die park oorkant die biblioteek lyk stil. Ek skrik.

Die skoot klap. Iets slaan vas teen die sandsteenmuur bo my kop.

Ek val plat en trek my pistool uit my kuitholster.

Die skut moet iewers in die park oorkant die straat wees. Ek skiet blindelings na die park. Iemand hardloop tussen die struike. My tweede skoot stop nie die hardloper nie.

'n Voertuig trek weg agter bome teen hoë rewolusies.

Ek moet beter skuiling kry.

Met skreeuende bande kom 'n bakkie van die poskantoor se kant af om die hoek. Dit swaai in my rigting. Ek besef ck gaan nie kan wegkom nie. Die bakkie is nou aan die verkeerde kant van die pad en pyl reguit op my af.

Ek sak af op my knie en skiet op die aanstormende stuk metaal. Dit het geen impak nie.

Die bakkie skuur teen die sandsteen van die biblioteek, nou op die sypaadjie, reg op my af.

Vonke spat tussen metaal en klip. Dis 'n aaklike skuurgeluid.

Dit snel voort. Nou 'n paar meter van my af.

Ek duik na regs, maar dis te laat.

# Dag 8

Sykes bel my vroeg oor Max Kriegler se tragiese dood. Die doodstraf is eensydig. Die laksmanne gewetenloos.

Waar is die dae toe Pretoria Sentrale Gevangenis as die Fabriek van die Dood bekend gestaan het?

Tussen 1981 en 1989 is meer as 'n duisend mense hier tereggestel. Ja, ons het toe ook wêreldrekords gehad. Die 164 wat gehang was in 1987 was die meeste teregstellings vir enige land in die wêreld.

Dit is vir my verstaanbaar dat mense tans mor oor die eensydigheid van die doodstraf. Die skelms mag dit daagliks uitvoer, maar nie die wetsgehoorsames nie. Dit moet moeilik wees vir boere om gereelde plaasmoorde te aanskou en dan passief te moet wag vir die reg wat traag sy weg probeer vind.

Die bakkiebestuurder het 'n koeël tussen die oë gekry. Dis 'n jong boer van Sterkstroom.

Geen kabinet was in professor Almero Beukes se Koekhuis gevind nie.

Eleanor Smith en haar dogter woon in 'n woonstel in Vredehoek. Hier mag vrede wees, maar die berugte suidooster kan hier baljaar.

Omdat ons tyd vinnig min raak, het Danie, Anita en ek afsonderlike take vir vandag. Danie snuffel in Fred Cohen se kantoor. Elders doen Anita haar weduwee-rondte.

Eleanor Smith is seker sewentig, maar lyk fisies sterk. Haar dogter is by die werk.

Sy bied vir my karringmelkbeskuit aan met my tee.

Sy praat onderhoudend. Sy is verbaas toe ek haar vertel van Max Kriegler se dood. Hy en Vaatjie was goeie vriende. Sy vertel van Sunnyside en Vaatjie se boerdery. Alwyn en sy wat kom aftree het. Sy skielike dood aan Covid-19 in die Internasionale Konferensiesentrum in Kaapstad wat in 'n tydelike hospitaal omskep is.

Ek vra haar uit oor Almero Beukes. Sy praat met groot lof van hom. Sy sê hy is goud werd vir hulle gemeenskap. 'n Man met gravitas.

Toe kom haar vreemde bekentenis. Dit lyk of sy berou het. Sy meld dat sy vir Charlotte Erasmus voor die uitkenningsparade geskakel het en vertel het van Andrew Evans sc lae kantpaadjie bokant sy linkeroor.

Daar is trane in haar oë. Sy meld dat sy in haar oorgretigheid om reg te laat geskied, alles beduiwel het.

Sy het Evans se strafsaak daagliks bygewoon. Sy het gehuil tydens Charlotte se kruisondervraging voor regter Stephen Ishmael. Advokaat Rodney Binge het haar en Charlotte uitgevang.

"Ek was bang dat Charlotte se waarheid dalk nie goed genoeg sou wees nie. Ek het niks van kruisondervraging geweet nie."

Van TOT HIER weet sy niks, sê sy.

Van die gerugte in Molteno dat sy vir Alwyn sou vermoor het, sê sy dis bloot siek skinderstories. Sy erken dat sy, oor baie jare heen, 'n uitgebreide kennis van pille, medisynes en selfs gifstowwe opgedoen het.

Ek kan aanvoel dat sy jok oor sekere goed. Ons gesprek neem soms 'n vorm van kruisondervraging aan deur my.

Sy ken die feite van die drie moorde op my kollegas op die punte van haar vingers.

Sy meld dat sy Sylvia Bembe se dogter so jammer kry wat langs haar pa gesit het toe hy geskiet is. Sy weet van die gate in Fred Cohen se Datsun-bakkie in Groenpunt. Alwyn het ook 'n Datsun op 'n stadium gery. Sy ken die volgorde van die moorde. Eers Fred, toe Archie en toe Klaus Erasmus.

Sy kan nie verstaan hoe Andrew Evans onskuldig bevind is aan sy vrou se moord nie. Volgens haar kon al die kneusings aan haar nek nie deur die japon se koord veroorsaak gewees het nie.

Sy haat Evans met 'n passie. Dit is, volgens haar, duidelik dat hy Klaus vermoor het. Hulle het die groot meningsverskil oor hul saak gehad. Klaus was seker keelvol vir Evans se leuens. Klaus moes iets geweet het wat Evans moes stil maak.

Haar kennis van die feite is verstommend. Haar vermoedens is soms wild. Haar emosie weerspieël een van simpatie en frustrasie.

Ek vind myself dat ek vrae vra wat vir myself vreemd klink.

Sy ken nie vir Anita Klomp nie. Almero Beukes het nie aan haar genoem dat hy vir regters Stephen Ishmael óf Norman Smuts ken nie. Trouens, Beukes het geen regters se name aan haar genoem nie.

Sy dink sy was net een keer by die hoogleraar se Koekhuis.

Rooi ligte flikker vir my. Sy weerspreek Vaatjie se weergawe aan my.

Sy steek iets weg. Sy weet dat Beukes dikwels in die Kaap as assessor gesit het in moordsake. Sy moet die wantroue in my oë lees. Sy probeer die onderwerp verander.

"Gaan jy die saak wen?"

Ek speel saam om haar 'n blaaskans te gee.

"Ek soek dringend na skietgoed vir my kruisondervraging van Andrew Evans."

"Hoe kan ek jou help? Wat kan ek getuig?"

Ek verduidelik aan haar dat dit nie so werk nie. Vele mense het 'n wanopvatting van advokate se etiek.

"Ek wen net sake met die waarheid, of ek verloor hulle. Ek wys daarop dat die eiseres se saak reeds gesluit is.

"Ek vra maar net."

"Kon u u man in die tydelike hospitaal by KIKS besoek?"

"Jy bedoel die Kaapstadse Internasionale Konferensiesentrum? Dit was nou 'n 'state of the art'-storie daai. Premier Winde het groot gespog toe president Ramaphosa besoek kom aflê het. Ek het dit op die TV gesien."

Sy brei uit oor "besoeke" per TV-skerms om isolasie van die geïnfekteerdes te verseker. Sy praat oor die saal met honderde beddens. Elke pasiënt se nommer bo sy bed. Die verpleegpersoneel wat soos ruimtevaarders geklee is.

Ek begin verstaan hoekom Martie my beskuldig dat ek haar kruisondervra as ons kuier en gesels. Dis ongeskik, maar bevredigend.

Ek hou Eleanor Smith se gesig fyn dop met my volgende vraag: "Hoe voel u oor Max Kriegler se moord in Molteno?"

"Is dit moord? Ek dag hy is deur 'n bakkie op die sypaadjie raakgery?"

Sy besef dat sy haar mond verbygepraat het. Sy trap meer klei om dit te probeer verdoesel. "'Skuus, ek het aanvaar dat dit 'n ongeluk was."

"Wat, Mevrou?"

"... Sy dood."

"Hoekom? Ek het u nooit vertel hoe dit gebeur het nie."

"Moet seker ... Vaatjie wees wat my gebel het. Ja, dis hy wat my vertel het."

"U het netnou baie verbaas gelyk toe ek u van Max se dood vertel het. Dit was duidelik nuus vir u."

"Verskoon my, ek word oud. My geheue speel my parte. Onsensitief van my."

Ek laat met opset 'n lang stilte verloop. Sy skuif ongemaklik rond en tel 'n beskuitkrummel op.

"Wat het u daarvan gedink dat advokaat Klaus Erasmus kriminele bygestaan het?"

Sy lyk verbaas.

"Dit het niks met my uit te waai nie."

"En advokaat Archie Bembe?"

"Dieselfde antwoord, en so ook wat advokaat Fred Cohen aanbetref. Wie dink u is u om my, hier in my huis, op hierdie trant te ondervra? Ek dink u beter gaan. Ek is nou genoeg verneder."

Sy staan op en gee 'n bewerige sug.

Ek staan op en gee vir haar een van my kaartjies.

By my motor skakel ek my foon aan. Ek bel vir Danie. Hy klink opgewonde: "Ek het iets. Sien jou môre vroeg. Voordat sy inklok."

Hy lui af.

Ek skakel vir Anita. Sy klink vrolik.

"Kom drink 'n glas pynappelbier met baie gis by my …. Toemaar, ek speel. Ek het koue Chardonnay. Ek wil hoor wat Eleanor Smith te sê het."

Haar woonstel, in Rondebosch, is stylvol gemeubileer. Sy het 'n roesbruin broekpak aan met 'n groen hemp. 'n Pragtige prentjie.

Sy skink vir ons wyn.

"Het jy ons moordenaars gevind?"

Sy lag terwyl ons glase klink.

"Sy steek iets weg."

Ek vertel haar wat gebeur het. Sy luister aandagtig. Sy neem 'n sluk wyn. Haar gevolgtrekking: "Slang in die gras." Sy ruik na bloeisels. Sy sit mooi musiek op. Ek voel gemoedelik en vry. Die onderwerp wat sy aanvoer demp my stoute gedagtes. Dis asof sy my gedagtes lees.

"Wat weet jy van die Suid-Afrikaanse swart knopie-spinnekop?"

"Sy paar, dan maak sy haar minnaar dood."

Sjoe, sou sy my gedagtes gelees het? Sy vervolg: "Ja. Die Engelse benaming van Black Widow is vir my meer beskrywend. Die manlike spesie is skadeloos; sy bek is te klein om 'n mens se vel te breek. Die ouens leef maar 'n maand of twee. Die vroulike spesie kan tot drie jaar leef. As die mannetjie vrek ná kopulasie vreet sy hom op. Lekker proteïen vir die kleintjies wat kom."

"Anita, wat bring jou op hierdie onderwerp?"

Sy glimlag.

"Ek waardeer ons vriendskap. Ek wil dit so hou. Vir 'n getroude man om ontrou teenoor sy vrou te wees, is 'n onvergeeflike oortreding."

Ek voel skielik ongemaklik en ontuis. Sy slaan 'n vreemde kitaar in haar eie huis.

"Ek dink ek en jy is op dieselfde bladsy wat owerspel betref. Moet my net nie doodbyt nie, asseblief."

Ons humor maak die atmosfeer ligter en draagliker.

Sy vertel van haar besoeke aan die weduwees. Sy het ook statistiek van Sykes Vermeulen se stuk of twintig mees onlangse sake. Dit vertel 'n skokkende verhaal van onskuldig-bevindings en 'n illustrasie van hoe lank die sake geneem het alvorens hul verhoorryp was.

Ek is vroeg daar weg.

Natuurlik het ek geen planne met haar gehad nie, vertel ek myself.

# Dag 9

## KAMERS EN DOV-KANTORE
## EDWARD CROSS

Danie is vroeg by my kamers.

"Ek wil daai girl verskoon van ons span vir die res van die verhoor."

"Is jy mal? Ons het basies vier dae oor. Ons werk Saterdae en Sondae. Sy het gister ál die weduwees besoek. Sy doen tans profiele van Evans en bendebetrokkenheid. Sy is van onskatbare waarde vir ons, Danie. Daar is nie geld vir privaat-ondersoekers nie."

"Ek ken jou vir baie jare, Edward. Die dame gaan jou effektiwiteit as advokaat benadeel. Ek sien hoe jy vir haar loer. Sy begogel jou."

"Belaglik, man."

"Was jy gisteraand by haar?"

"Ja."

"Het julle gedrink?"

"My fok, Daan. Wat gaan hier aan? Van wanneer af moet ek aan jou verslag doen as ek 'n glas wyn drink? Ek kan jou één ding sê, Danie. Jy lees hierdie dame totaal verkeerd. Sy spyker nie rond nie."

"Jy weet baie van haar vir iemand wat haar beswaarlik 'n week ken."

Ek besef ek moet my mond hou.

Beide van ons is gespanne.

"Jy het gisteraand gesê jy het iets gevind?

Hy lyk trots.

"Fred se dagboek. Op een van daardie deurmekaar rakke."

"Klink opwindend."

"Fred moes 'n manlike werknemer van Rousers in Groenpunt op moord verdedig. Mans kan ook mans daar besoek."

"Ek onthou die bordeelmoord. Die pers het baljaar."

"Kyk nou hier. 11 April. 'Consultation Rousers'."

"Ja?"

"Hy moes seker die moordtoneel gaan besoek het?"

"Goeie verskoning vir 'n bordeelbesoek."

Hy vind dit nie juis amusant nie.

"Op 12 April teken Fred aan:

1. Request to view CCTV from Adv. Errol Bosch.
2. Request detail of all card transactions night of murder from S.A."

"So, Errol Bosch was die staatsadvokaat wat waarskynlik aangekla het? Maar wie de drommel betaal met 'n kredietkaart by so 'n plek?"

"Jy sal verbaas wees. Hulle wil nie juis met kontant daar rondbeweeg nie. Ons weet Andrew Evans was die eienaar van die hool."

"Uiteindelik, die missing link."

"Die beskuldigde, die werknemer, was Demetri Cavallas. Die verhoor sou plaasvind op 15 Mei. Op 28 April lees die inskrywing: '10:00 Consultation – Mr Evans'."

"Hoe kan Sykes dit gemis het?!"

"En nou, letterlik die doodskoot. Op 27 April, 'n dag vóór hierdie konsultasie moes plaasvind, word advokaat Fred Cohen deur 'n verbyganger langs sy Datsun-bakkie doodgeskiet. Fred het net te veel geweet en Evans het nie daarvan gehou nie."

"Dis 'n verstommende stuk werk. Baie dankie."

"Ek het 'n afspraak vir jou gereël met Errol Bosch, by sy kantoor, om tienuur vanoggend."

Ek loer op my horlosie.

Baie vrae kom by my op. Daar is nie nou tyd daarvoor nie.

Die Direkteur van Openbare Vervolging in die Wes-Kaap se kantore lyk bedrywig. Pakke dossiere pryk op rakke en lessenaars.

Die gang is lank na advokaat Errol Bosch SC se kantoor.

Hy is 'n vriendelike gryskop man met 'n snor wat hy mooi in toom hou.

Hy was die staatsadvokaat in Staat v Demetri Cavallas.

Ek bedank Errol dat hy my op kort kennisgewing te woord staan en verduidelik ons skrapsheid aan tyd. Hy stoot 'n kopie van die dossier na my.

"Dit was 'n vreemde verhoor. Die moord in 'n vreemder plek. Die omstandighede nog vreemder. Die pers het geskerts, maar het nooit werklik besef wat hier aangaan nie."

"Prikkelende inleiding, Errol."

Errol Bosch is 'n man wat enige regbank met waardigheid sou kon dien. Die jammer realiteit is dat hy, soos sovele ander advokate, nooit hiervoor beskore gaan wees nie. Hy is met wit verf in 'n hoek vasgeverf. Daar is eers 'n vreemde regstelling wat lank neem om te realiseer.

"Kom ek skets vir jou die *dramatis personae*. Op die kas was regter Jan Korsten. Dit was net voor sy aftrede. Hy het só gebewe dat hy nie aantekeninge kon neem nie. As assessore was professor Almero Beukes en 'n prokureur van Langa,

Beth Mwaza. Vir Demetri Cavallas het aanvanklik die geliefde gentleman, advokaat Fred Cohen, opgetree en ná die skietery 'n advokaat Isaacs van Johannesburg. Ek aanvaar jy is hier om meer te hoor omtrent Fred Cohen?"

"Korrek, dankie. Ek hoop om agter die kap van die byl te kom."

"Die eufemisme vir Rousers is seker 'n gesellinklub. Daar is 'n kroegarea met toonbank, tafels en stoele. 'n Kombuis en verskeie kamertjies. Heelwat dames en mans wat daar werk, kan daar met manlike lede van die publiek verkeer. Verskoon die beskrywende woord. Noem dit 'n geslagsgelyke bordeel."

"Jou woordeskat laat jou nie in die steek nie, Errol."

Ons albei lag lekker.

"Die aand van die moord was daar meer as twintig lede van die publiek teenwoordig. Getuies was skaars. Dit het gevoel of almal haastig daar weg is. Ek vermoed baie was getroude mans. Dis maar 'n skelm affêre. Sommige getuies was deur kolonel Sykes Vermeulen, die ondersoekbeampte, opgespoor deur kredietkaartbesonderhede. Die besoeksregister was van min hulp. Vals name. Die CCTV-kameras was maande reeds buite werking.

"Die getuienis was dat tydens die gesellige gevroetel en gevat, die ligte skielik afgegaan het. Sommiges het ongesteurd hulle kapperjolle voortgesit. Toe is daar 'n bloedstollende gil. Die oorledene, 'n toeris, is later in 'n plas bloed in die beskuldigde, Demetri Cavallas, se kajuit, oftewel kamer, gevind met 'n af nekslagaar. Cavallas was bloedbesmeer en naak en het aanhoudend gegil dat hy dit nie gedoen het nie."

"Klink na 'n skepping van Agatha Christie."

"Omtrent. Daar was nou lig. Kliënte en selfs werknemers het laat spaander. Die polisie het eers ná dertig minute gearriveer. Nuuskierige polisiemanne het die moordtoneel vertrap en besoedel. Seker met die valse hoop om iewers nog dames in flagrante delicto te betrap.

"Fred Cohen het probleme gehad om getuies te vind. Hy het dit met my bespreek. Hy het 'n vriend van hom aangestel, ná die moord, om besoekers wat die plek besoek, skelm af te neem om sodoende, hopelik, gereelde kliënte te nader en te ondervra. Ek dink Fred het sodoende sy eie dood verseker. Bloot omdat hy sy werk deeglik wou doen."

"Het jy van die foto's gesien?"

"Nee. Hy het my wel vertel dat van die gesigte hom verras het."

"Kon julle die vriend van hom opspoor?"

"Ek het die detail aan kolonel Sykes Vermeulen deurgegee. Hy het laat weet dat hy niemand kon opspoor nie."

"En die eienaar van Rousers? Andrew Evans?"

"Dié ou het aan Sykes gesê dat hy omtrent nooit by die plek kom nie."

"Weet jy of Evans konsulteer het met Fred?"

"Nee."

"'Skuus, man. Ek breek jou storielyn."

"Die verhoor skop toe af. Formele erkennings. Ambulansman, lykshuis, nadoodse ondersoek, foto's van die lyk en die bebloede kamer."

"Vingerafdrukke?"

"Ja, maar nie veelseggend nie. Cavallas s'n in sy hokkie. Geen moordwapen."

"En benewens jou formele getuienis?"

"Sykes kon 'n verklaring kry van die ontvangsdame. Seker omdat sy nie kon weghol nie. Selfs die sekuriteitsman het 'n kraak gemaak, aldus Sykes. Ek het die dame geroep. Sy het die register ingehandig. Die toeris, Louis Bennard, het dit wel ingevul. Sy het getuig dat Bennard vir die relevante tyd aan Cavallas toegesê was.

"Hulle het eers saam 'n drankie geniet en is toe later saam na Cavallas se hok. Toe, later, die donkerte en die bloedstollende gil."

"Die afwesigheid van die moordwapen het seker vir Cavallas gehelp?"

"Die dame was baie toegeeflik tydens Isaacs se kruisondervraging. Amper geklink of hulle in dieselfde koor sing. Sy het toegegee dit kan enige gas wees wat die moord gepleeg het. Sy het toegegee dat Cavallas erg geskok voorgekom het en dat sy hom vir baie jare ken."

"Klink of jy gesnoeker was, Errol?"

"Jy's reg. Sy kon net sowel 'n verdedigingsgetuie vir Cavallas gewees het."

"Ooit met Evans konsulteer?"

"Nee."

"Weet jy of hy 'n bendelid is?"

"Nee."

"Wat dink jy van Sykes se effektiwiteit as ondersoekbeampte in die saak?"

"Hierdie ouens is oorwerk, Edward. Hy kan ook seker, soos Fred Cohen, die plek onder observasie gehou het ná die moord. Om die kliëntele te bepaal. Op 'n manier is dit ook maar 'n skrale kans dat iets só na vore mag kom."

"Errol, ek onthou Cavallas se foto in die koerant na sy onskuldigbevinding. Kamma triomfantlik met sy vuis in die lug."

"Ja, dit was 'n baie bitter pil om te sluk. Bo redelike twyfel is dikwels 'n onoorkombare hekkie. Baie skuldiges stap vry."

"Het Cavallas se hok vanaf binne kon sluit?"

"Ja, maar die ontvangsdame het getuig dat daar streng instruksies was dat geen werknemer hulle mag toesluit met 'n kliënt nie. Dit was 'n veiligheidsmaatreël vir die personeel."

"Cavallas nooit getuig nie?"

"Nee. Hul aansoek om ontslag was suksesvol. Ek kon sien hoe professor Beukes se bloed kook toe regter Jan Korsten, in 'n paar sinne, vir Cavallas laat loop het."

"Wat 'n storie, Errol."

"Dit eindig nie daar nie. Kort daarna het 'n bom die plek flenters geruk. Verskeie werknemers en kliënte is vermink. Ons einste sekuriteitsman het beide sy onderbene verloor in die slag."

"En Cavallas?"

"Gone. Net na die saak is hy weg daar. Seker nou iewers oorsee onder 'n ander naam."

"Voel jy moedeloos, Errol?"

"Ons strafprosesstelsel faal die publiek. Ek voel dat dit tyd is dat ons die akkusatoriese stelsel moet groet. Ons moet nader beweeg aan wat in Nederland, Frankryk en Spanje gebeur met hul inkwisatoriese stelsel van die strafprosesreg. Met ander woorde: die Regter as 'n meer aktiewe rolspeler. Hy of sy kan aktief deelneem in die soeke na die waarheid.

"Met ons huidige stelsel is daar twee spanne. Die vervolging en die verdediging. In effek verloor ons die juris met die meeste ervaring, naamlik die regter, se konstruktiewe insette.

"Dus, die beste storieverteller wen. 'n Beskuldigde kan skuil agter 'n swygreg. Daar is 'n verbod op selfinkriminasie. Ons misdaadbeheermodel, voordat ons Grondwet in werking getree het, was meer effektief. Nou word waardevolle getuienis, wat die waarheid kan ontbloot, uitgesluit. Dis 'n versperring tot skuldigbevindings."

"Jy is 'n voorstander vir 'n meer prosessuele geregtigheidsmodel?"

"Korrek, Edward. Ons howe het die publiek se noodsaaklike ondersteuning verloor. Tans word daar té veel klem gelê op 'n sogenaamde billike verhoor. Die publiek ervaar 'n wetteloosheid. Ons onaanvaarbare hoë misdaadsyfer getuig daarvan.

"Ek sou graag vir Cavallas wou kruisondervra. Nog beter sou wees as die regter toegelaat was om vrae te vra en sodoende die waarheid te laat wen. Verstaan jy Almero Beukes se frustrasie nou beter?"

# Dag 10

Ek en Danie daag saam by my ontvangs op. My dame sê Anita Klomp wag op ons.

Ek is verbaas toe ek my deur oopstoot. Anita is bedrywig teen my boekrakke. Met kleeflint het sy 'n stuk of vyftig A4-velle vasgeplak. Dit bevat sketse, planne, verklarings, pyle, kringe om name en vraagtekens.

Sy glimlag selfvoldaan. "Môre, welkom in my lesingsaal."

Sy wys waar ons moet sit. Ek is baie beïndruk. Danie klink verveeld:

"Kan ek eers koffie kry, asseblief?"

"'n Billike versoek."

Ons skop nes. Sy bly staan. 'n Pragtige dosent, voorwaar.

"Ek wil hê ons moet teorieë debatteer."

Danie kug.

"Eerstens die kronologie. Fred Cohen se geval. Hy besoek Rousers, aldus die dagboek. Hy soek inligting omtrent Evans se besigheid in Groenpunt."

Sy wys met my liniaal na twee vergrote dagboekblaaie teen die boekrak.

"Die verhoordatum is bepaal. 'n Dag voordat hy met Evans sou konsulteer, word hy afgemaai."

Sy wys na 'n groot rooi kruis op nog 'n vergrote dagboekblad.

"Die ondersoekbeampte is kolonel Sykes Vermeulen. Steeds geen arrestasies nie, maar Fred het blykbaar beter gedoen as Sykes met inligting wat hy kon insamel."

"Hou Cavallas nie daarvan nie? Onwaarskynlik."

Sy kyk na Danie.

"Edward het gisteraand vir my terugvoer gegee oor staatsadvokaat Errol Bosch se insette oor Fred Cohen."

Danie kyk na my.

Sy draai om en tik op 'n lys met regter Jan Korsten, professor Almero Beukes en Beth Mwaza se name op.

"Tydens Edward se gesprek met Max Kriegler, mag sy siel in vrede rus, word Almero Beukes met TOT HIER verbind. Ek is oortuig daarvan dat hierdie mense kapabel is tot grusame wraakaanvalle. Kom ons neem as voorbeelde die bomaanval op Rousers en Cavallas se onskuldigbevinding. Max Kriegler wat vermoor word in Molteno."

Sy het reeds 'n rooi kring om Almero Beukes se naam. Die naam van kolonel Sykes Vermeulen is op die volgende vel.

"Is daar 'n slang in die gras? Help hy vir Evans? Sy naam is reeds op die prof se hit list. Hy was ondersoekbeampte in Evans se saak ..."

Sy tel af op haar vingers.

"... Cavallas, Cohen, Klaus Erasmus en Archie Bembe. Die toeval is net té groot."

Sy wys na die velle en Sykes se powere suksesstatistiek wat sy in haar woonstel aan my getoon het. "Terug na die kronologie. Twee weke ná Fred, sterf Archie Bembe en ná 'n verdere twee weke, Klaus Erasmus."

Weer velle met datums en kruise.

Sy som haar navorsing oor bendes op. Hulle wedywering. Wat regsmanne, wat vir hulle optree, as hul eiendom ag. As hulle advokaat vir 'n ander bende optree, word dit as hoogverraad beskou wat strafbaar is met die dood.

Met 'n lys sake illustreer sy dat Klaus Erasmus net vir die Innocent Rascals opgetree het. So het Archie Bembe aan net een bende, die Rainbow Warriors, getrou gebly as advokaat.

Volgens haar het Andrew Evans nie 'n bendeverbintenis nie.

"Dit sluit, myns insiens, wraak of vergelding deur 'n bende uit."

Danie toets haar stelling:

"Hoe kan jy dit so gou bepaal?"

"Dit is deel van my maandelange navorsing."

Danie bly stil.

"Dan het ons vir Eleanor Smith."

Sy wys na 'n nuwe vel.

"Edward bevraagteken haar geloofwaardigheid. Waarom vir Charlotte Erasmus voor die uitkenningsparade van die wal in die sloot laat beland?"

Ek begin saamgesels. "Wat van haar strewe na geregtigheid en besoeke aan prof. Beukes? Was sy nie dalk oorgretig nie?"

"Dit rym nie met die beweerde moord op haar man nie."

Danie onderbreek: "Kry sy 'n rooi kring?"

Sy kyk vraend na Danie. Hy klink driftig. "Jy besef natuurlik dat hoe meer rooi sirkels jy maak, hoe meer versterk jy Evans se saak. Byna alles wat jy tot dusver gesê het, klink soos 'n betoog wat advokaat Binge in ons saak mag aanvoer."

Sy sit haar hande in haar sye en bekyk Danie op en af. Ek geniet dit.

"Verduidelik dit beter vir my?"

Danie laat nie op hom wag nie: "Evans se kruisverhoor gaan baie selektief moet wees. Hoe meer motiewe en verdagtes

ons insleep, hoe onwaarskynliker raak Evans se aanspreek-
likheid."

Sy kyk nou na my asof die wind uit haar seile geneem word.
Ek probeer tot haar redding kom.

"Dankie, Anita. Dis fantasties wat jy gedoen het. Maar
Danie is reg. Gestel ek illustreer tydens kruisondervraging
die prof se aandadigheid, dan loop Evans skotvry uit hierdie
saak. Hierdie is ons laaste kans om Evans te betrek."

Sy lyk afgehaal, maar gaan lê nie.

"Maar ons moet dit seker bespreek?"

"Ongetwyfeld. Ek sien môre vir kolonel Sykes Vermeulen
om meer duidelikheid te bekom."

Danie het hom nou onttrek van ons gesprek. Hy blaai deur
die dossier se afskrif wat Errol Bosch vir my gegee het.

Haar aanvanklike vlam van gretigheid is geblus. Ek probeer
haar weer betrek: "Wat het ons wat daarop dui dat Evans vir
Klaus Erasmus laat vermoor het?"

"Niks," antwoord sy stug.

Sy wil haar papiere afhaal, maar ek versoek haar om dit
te laat.

Danie swyg soos die graf.

Ons drink nog koffie in stilte. Danie hou sy neus in die
dossier. Ek voel asof ek haar moet beskerm. Haar gretigheid
om te help moet beloon word. My bewondering vir haar is
anders. Dis nie net hoe sy lyk nie, maar haar intellek en
entoesiasme is wat my boei.

Ek voel versigtig seksueel aangetrokke tot haar. Haar
spinnekopwaarskuwing maak die uitdaging net groter. Sy is
soos 'n perd wat ingebreek moet word. Al in die rondte, eers
met 'n lang tou wat geleidelik korter gemaak word.

Dan die vryf oor die merrie se lyf. Die ore wat wantrouig na
agter spits. Die vrees in die oë. Die voortdurende gerusstelling.
Perde-fluisteraar.

Sy wat al meer toelaat. Wat lyk asof sy die kontak geniet. Die wilde merrie se oë word sagter. Ek kan haar inbreek, dink ek.

Die woord saalboomsteek kom by my op.

Ek staan op en bekyk haar sketse, kringe en pyle met meer belangstelling.

# Dag 11

Vanoggend lê daar 'n ragfyn tafeldoek oor Tafelberg. Die suidooster het die tafel in gereedheid gebring. Die oggendverkeer is druk. Die motoriste lyk vaak.

Kolonel Sykes Vermeulen het 'n rooi gelaat. Sy oë knip te veel. Hy kou pal aan niks. Sy lessenaar lyk deurmekaar. Pakke en pakke dossiere. 'n Wanorde wat 'n mens skrikkerig maak.

Wat is die kanse dat geregtigheid hier uitgekrap kan word? Hier kiep-kiep, daar kiep-kiep en woerts ... dalk 'n gelukkie. Dalk iemand se gewete wat hom ongenooid laat beken. Baie onwaarskynlik.

Ek vertel vir Sykes van my gesprek met Max Kriegler voor sy dood. Hy is vol lof vir Max as speurder.

Die lys met sy eie naam op, bekommer hom. Dis vir hom vreemd dat die lys in die professor se kabinet regmerkies bevat langs die name van die drie advokate.

"Ek was ondersoekbeampte in 'n paar sake waarin die professor as assessor gesit het", sê hy huiwerig.

Ek vra meer detail oor Demetri Cavallas se saak en die moord in Rousers.

"Advokaat Fred Cohen het my aangepor om vir meer getuies te soek. Vreemd, nè? Dis die eerste keer wat ek dit ervaar dat 'n pro Deo- of regshulp-advokaat meer staatsgetuies soek. Of is dit omdat hy sterk glo in die onskuld van sy kliënt?"

"Wou hy met Andrew Evans, die eienaar, konsulteer?"

"Ja. Hy het by my seker gemaak dat Evans nie 'n staatsgetuie is nie. Evans was nie die aand van die moord daar nie. Ek het dus nie 'n verklaring van hom geneem nie."

"Wat het jy op Fred se moord?"

"Niks. Skieter wat verby Fred se motorhuis in Groenpunt ry. Die ballistiese verslag sê niks. Ek dink Fred het iets geweet wat iemand nie rugbaar gemaak wou hê nie."

"Dit lyk so. Kon jy van sy ander sake ondersoek vir moontlike verdagtes?"

"Daar was net nie tyd nie. Sy vrou, Elaine, lyk siek."

Hy wys met sy vinger teen sy kop.

"Toe kry Cavallas 'n advokaat teen betaling?"

"Ja, skielik was daar geld. Ek was meer as een keer by Rousers met my ondersoek. Die werknemers is bang en swygsaam. Daar is ook 'n paar onwettige immigrante wat daar gewerk het. Moeilik om getuies te kry. Toeriste wat daar fuif, is oral oor die aardbol versprei."

"Omtrent soos daai Covid-19-virus was."

"Mense sê ek is slapgat. Hul weet nie wat werklik in ons land aangaan nie. Elke dag word daar ongeveer sestig moorde in Suid-Afrika gepleeg. Ons vrekmaakkoors is van die hoogste in die wêreld. My senuwees is op. My kollegas bedank op strepe. Ander word geboard. Die lyke raak net te veel. Ek sal ook hier van my kop af gaan. Nou is my naam nog op 'n hit-list ook. Fok. As hulle eers advokate en ondersoekbeamptes begin skiet ... Niemand is meer veilig nie. Covid kom tweede."

Sy drif roer my. Ek kry begrip vir sy tandelose kou.

Hy vertel my meer van Cavallas, Evans se skynbare on-
betrokkenheid, Archie Bembe se ondersoek wat doodgeloop
het, Almero Beukes se fyn voetwerk met die liasseerkabinet,
sy simpatie met Charlotte Erasmus wat haar saak onherroeplik
verpletter het tydens kruisondervraging. Sy woorde klink opreg.

"Ek moet skelms vang, maar daar is net te veel en ek is
vrekbang vir my lewe."

Met die terugry na my kamers probeer ek meer sin maak uit
al die hangende vraagtekens. Anita het vir Sykes Vermeulen
as een van haar hoofverdagtes geoormerk. Haar navorsing
omtrent sy laaste twintig sake is nie te versmaai nie.

Haar eliminering van 'n wraakaanval deur bendes klink vir
my oortuigend.

Eleanor Smith wat blatant jok en die professor se liasseer-
kabinet dui met sterk en vet pyle in sy rigting.

Waar laat dit ons met Evans? Dié glibberige kalant word deur
almal gehaat. Eers was daar die vreemde onskuldigbevinding
aan sy vrou se dood en toe die onskuldigbevinding aan moord
op Klaus Erasmus. In beide gevalle was Sykes Vermeulen
die ondersoekbeampte.

Almal besef dat Andrew Evans betrokke moet wees, maar
hoe bewys 'n mens dit? Ons het meevallers nodig, maar die
goed is so skaars soos hoendertande.

Ek raak benoud as ek dink aan my kruisondervraging. Die
dae van wonderwerke is verby. Evans is nie die tipe mens
wat in trane sal uitbars en om verskoning sal vra vir al sy
wreedhede van die verlede nie.

Ons het iets met meer tande nodig teen Evans. Ons moet
hom verras. Tog is hy nie die sondebok nie, aldus Anita se
deeglike navorsing.

Sal ek werklik my vriendskap met haar skade aanrig as
ek haar met 'n piksoen bedank vir haar toegewyde ywer en
harde werk?

Kan 'n piksoen haar argwaan op die hals haal? Hoe gevaarlik kan dit werklik wees? Hoe durf Danie suggereer dat sy my aandag van die saak af trek?

Ons glasies wyn by haar woonstel elke aand is tog ter voorbereiding van die saak. Ek glo haar nie as sy sê dat sy owerspelige mans verpes en haat nie.

Sy is bloot soos 'n steekse merrie.

# Dag 12

E k is bly om Anita by my kamers te vind. Ek was bang dat Danie haar indirek verwilder het.

Danie kom ingedwarrel op soek na koffie. Hy kyk skepties na haar plakwerk teen die boekrakke.

Ek sukkel om hom te peil. Hy toon gou sy kleur: "Hoe gaan dit met jou tesis?"

Sy lyk verbaas.

"Goed, dankie. Ons saak het my bietjie weggehou van die boeke."

"Presies wat wil jy vermag met jou tesis?"

"As forensiese sielkundige gaan dit vir my oor strafregtelike geregtigheid."

"Hoe gaan ons saak jou in dié verband help?"

Ek begin ietwat ongemaklik voel. Maar bly stil. Dit klink amper na kruisondervraging.

"Is dit nie wat die gemeenskap nastreef nie? Is dit nie die noodsaaklikste funksie van ons howe en Suid-Afrika se strafprosesregstelsel nie?"

Sy is nie op haar bek geval nie. Ek is egter bekommerd oor die tyd wat hierdie diskoers in beslag mag neem. Ons is oor twee dae in die hof. Danie ploeter voort:

"Is jy tevrede met ons strafprosesregstelsel?"

"Nee, ek is nie. En ek sou graag vir jou wou illustreer waarom ek so sê."

Hy knik sy kop.

"Myns insiens het die Grondwet ten doel om 'n geordende gemeenskap daar te stel. Die gemeenskap moet geborge en veilig voel. Die gemeenskap vorm tog die hart van die Grondwet wat dit moet maak klop."

Danie knik.

"Ons het 'n keuse oor watter strafregstelsel die effektiefste vir ons, synde 'n derdewêreldse land, sal werk."

"Moet net nie vir my sê jy wil die doodstraf terugbring nie?"

"Ek en jy weet dat die doodstraf nooit teruggebring sal word nie. Kom ons los daardie debat vir 'n ander dag. Maar laat my toe om my argument te ontwikkel. Wat is die publiek se persepsie omtrent die effektiwiteit van ons howe? Wil regters vuisslaan onder mekaar, of skep ons uitsprake vertroue? Ons akkusatoriese stelsel is, myns insiens, uitgedien. Ons klou blindelings daaraan omdat Amerika en Engeland dit gebruik.

"Dankie tog vir die insig van 'n paar briljante manne wat gesorg het dat ons wegbeweeg het van Amerika se patetiese juriestelsel. Hoe kan 'n paar leke van die straat af beslis oor 'n persoon se lot? Ons het ervare regskenners hiervoor nodig. So, hoera vir daardie vordering. Maar, helaas, nie genoeg nie.

"Ons akkusatoriese stelsel kweek toneelspel. Aan die einde van die dag moet die regter kies tussen twee spanne. Het die vervolging hom beïndruk, of het die swierige vingerswaaiende advokaat vir die verdediging genoeg verwoesting gesaai?

"Die regter moet geduldig die teatrale spel van beide advokate voor hom gade slaan. Hy mag nooit afdaal tot die arena waar hierdie twee spanne mekaar die stryd aangesê het nie. Julle weet dit, maar ek moet dit benadruk.

"As die arme regter dit sou doen word daarna in 'n ander hof aangevoer dat sy oë verblind was deur die stof van die arena en word sy skuldigbevinding en vonnis tersyde gestel. Dit laat my dink aan 'n redenaarskompetisie op skool. Die outjie met die pittigste sêgoed word deur die beoordelaar aangewys as die wenner.

"Of 'n modeparade. Alles in ons howe sentreer om vertoon, gladdebekkigheid en helaas, beplande stilswye. Dis soos 'n komplot teen openbaarmaking. 'n Wegsteek- en verswygvertoning. 'n Taktiese bekhoumaneuver. 'n Wegkruipertjiespeletjie gespeel deur volwassenes terwyl hul funksie eintlik is om die waarheid tot die been oop te vlek.

"My fok, mense. Hoeveel langer moet ons hierdie klugspel gedoog? Julle land brand af. Julle is tog nie almal barbare nie. Kom ons raak ontslae van onwaardige regters, ontroue advokate en vraatsugtige prokureurs. Kom ons dwing ons publiek en politici om aandag te skenk aan hierdie netelige saak. Al moet ons dit deur skokterapie doen.

"Die regter se rol, in ons huidige bestel, is dus die van 'n skeidsregter wat in effek geen rol speel in die soeke na die waarheid nie. Sy rol is die van 'n baie stil luisteraar tydens die stryd. Ek sal netnou vir julle die praktiese impak hiervan illustreer."

Haar briljantheid verstom my. 'n Uitstekende orator.

"Kom ons kyk na die ander opsie. Die inkwisatoriese benadering. Dit word met groot sukses toegepas in Frankryk, Nederland en Spanje. Die kernverskil is dat die funksies van die rolspelers verskil. Die regter, die vervolging én die verdediging werk as 'n span in hul soeke na die waarheid. Die regter is betrokke en kan vrae vra na hartelus. Niks onreëlmatig daaromtrent nie.

"Vanselfsprekend sal hierdie stelsel openbare vertroue stimuleer. Dit skep 'n effektiewe funksionering van howe. Howe het aansien. Howe soek en kry die waarheid. Dis 'n geval van spanwerk. Daar's nie plek vir toneelspel óf stories vertel nie. Sela!

"Met hierdie ondervraende of inkwisatoriese stelsel kan 'n beskuldigde hom nie op 'n swygreg beroep nie. Hy moet antwoord wat die regter hom vra.

"Kan julle dink hoeveel hoftyd en onnodige regskoste gespaar kan word? Die kern van die verhoor kan onmiddellik aangespreek word. Dis nie 'n geval van ure, dae, maande lank, hoor ons steeds die paddas nie kwaak nie.

"Net so is daar nie 'n verbod op selfinkriminasie nie. Tans het ons 'n legio aantal uitsprake oor wat die Grondwet met 'n 'billike verhoor' bedoel. Beskuldigdes kan tans skuil agter hul sogenaamde swygreg of verbod teen selfinkriminasie. Hul word in watte toegedraai. Die waarheid word nie gesoek nie. Die publiek is gefrustreerd."

Danie het deurentyd stil gebly. Dit lyk egter of hy haar nou wil aanvat.

"Wat is jou praktiese illustrasie waarna jy verwys het?"

"Ag, daar is so baie. Kom ek illustreer dit aan die hand van die bekende Staat v Dewani wat in ons hof hier in die Kaap verhoor was. Dewani was aangekla daarvan dat hy sy verloofde deur huurmoordenaars laat skiet het. Met hul aankoms op die lughawe het Dewani en sy verloofde se taxibestuurder hulle na hul hotel in Kaapstad geneem.

"Die taxibestuurder se getuienis was dat nadat hy die twee by hul hotel afgelaai het, Dewani weer na buite gekom het en hom versoek het om 'n huurmoordenaar te bekom vir R15 000. Dit word gestaaf op CCTV dat daar inderdaad 'n gesprek plaasgevind het. Dit word ook gestaaf dat die twee later in 'n selfoongesprek was.

"Dewani meld in sy pleitverduideliking dat hierdie ge-sprekke was om 'n helikoptervlug te reël waarmee hy haar wou verras. Ek laat my nie uit oor waarom hy dit nie by sy hotel se ontvangs kon doen nie.

"Die taxibestuurder het afgespreek met die twee persone wanneer en waar 'n vals kaping van die taxi met die twee toeriste in later in Gugulethu sou plaasvind en waarna sy ge-skiet sou word.

"Tussen hakies, die taxibestuurder het skuldig gepleit en is in 'n pleitooreenkoms tot agtien jaar gevonnis. Ek praat nie nou oor sy voortydige paroolaansoek nie."

Sy wys met haar vingers soos aanhalingstekens:

"Die twee 'kapers' is onderskeidelik tot vyftien jaar en lewenslange gevangenisstraf gevonnis. Dewani is kort na die moord terug na Londen en 'n uitleweringstryd wat vier jaar sou duur en wat vanselfsprekend 'n impak moes hê op getuies se geheue, het gevolg.

"Onder kruisondervraging vaar die getuies swak en 'n aansoek om ontslag word toegestaan. Sonder dat Dewani 'n woord sê in die hof omtrent sy weergawe. Lede van die publiek was woedend en het, myns insiens tereg, die Suid-Afrikaanse strafprosesstelsel gekritiseer.

"Ek sê dat indien die inkwisatoriese stelsel van 'n soeke na die waarheid van toepassing was, die uitslag van hierdie verhoor anders sou gewees het."

"Hoekom?" vra Danie.

"'n Mens sou by Dewani se twyfelagtige weergawe kon begin met vrae direk aan hom."

"Jy het nie die verhoor bygewoon nie?"

"Nee, Danie, maar ek het baie daaroor opgelees. My nie-bywoning diskwalifiseer my nie om geldige kritiek uit te spreek nie."

"Besef jy dat die kern van die onskuldigbevinding die kruisondervraging was?"

"Ek gee toe daar was weersprekings."

"Meer as sestig van hulle?"

"Kom ons aanvaar dit. Die feit is: Drie mense is skuldig bevind, meestal op sterkte van wat hulle erken het hulle gedoen het."

"Is daar ook kruisondervraging in die Utopia wat jy bepleit, of koer almal altyd gesellig saam soos duifies?"

"Ek aanvaar daar is ook verskille in weergawes aan die regter."

"So, die stelsels stem ooreen ten opsigte van kruisondervraging?"

"Ek gee toe daar kan wel kruisondervraging plaasvind."

"Ek het nog baie vrae, maar ons tyd is te kosbaar. Ek verskil hemelsbreed van jou standpunt."

"Dit is jammer, want dan kan ons nooit saam in dieselfde span werk nie. Jy's té eng en uit die oude doos. Die geleentheid op vernuwing staan hier klokhelder voor jou."

"Ons hoef nie persoonlik te raak nie."

Sy staan op.

"Danie, vanaf Dag 1 het jy uit jou pad gegaan om my onwelkom te laat voel! Jy bevraagteken my bona fides."

Ek besluit dat ek my uit hierdie een gaan hou. Danie mag my dalk óók aanvat.

Hy staan ook op, stap na die deur en maak dit vir haar oop.

Sy kyk na my en snou my toe met die uitstap: "Bly weg van my woonstel, of ek vertel jou vrou."

Ek sit stomgeslaan. Alles gebeur so vinnig. Heel ongevraagd is sy nou vir mý ook vies.

Danie lyk ongeërgd.

"Nou kan ons werklik begin werk, Edward," sê hy terwyl hy die deur agter haar toedruk.

"Ek weet nie wat jy wil insinueer nie, maar ons het so pas 'n kosbare lid van ons span verloor. Ons het byna fokkol teen Evans. Ons gaan ons gat sien in hierdie saak."

"Wat sou jou wondervrou daaraan kon verander? Moes sy jou hand tydens kruisondervraging kon vashou, of jou dalk morele onderskraging saans by haar woonstel gee?"

"Wat het sy gesondig? Hou jy bloot nie daarvan dat sy 'n standpunt het nie?"

"Ek is nou moeg vir hierdie ou alewige storie van akkusatoriese en inkwisatoriese stelsels. Dit klink soos 'n langspeelplaat wat vashaak."

"Wel, sy het 'n moerse goeie praktiese voorbeeld aangehaal."

"Sy het kieskeurig met haar feite gewerk. Dis in elk geval nou verby. Water onder die brug."

"Ek ken jou, Danie. Jy raak soos jy nou is as jy weet jy gaan afkak in 'n saak. Jy's sommer de moer in vir alles en almal om jou."

"Wat is ons sterkste punt teen Evans, Edward?"

Ek is bly hy verander die onderwerp.

"Die rusie wat plaasvind amper direk voor sy dood. Dis by Klaus se huis waar hy ure later doodgeskiet word op pad na die saak waarin hy vir Evans moet gaan verdedig ..."

Ek lig my hand voordat Danie die volgende vraag kan vra en voltooi my sin.

"... Ja, ek weet Charlotte Erasmus het ons in die steek gelaat met die olie kop se lae paadjie bo sy linkeroor, en ja, ek weet haar saak is reeds gesluit, en ja, ek weet ons weet wat sal gebeur met 'n aansoek om nou vir Eleanor Smith te roep as 'n getuie. Dis gedoem. Dis 'n FUBR."

"'n Wat?!"

"Fucked up beyond repair. Charlotte se kansvattery onder kruisondervraging was ons doodsteek. Sy en daai twee pragtige kinders gaan moet suffer vir die res van hul lewens."

"Maar is die regter nie aan ons kant nie? Hy het tog die verweerder se aansoek om absolusie aan die einde van ons saak van die hand gewys?"

"Regter Norman Smuts het, myns insiens, baie ver oorgeleun om ons te probeer help. Sy menslikheid het 'n rol gespeel. Alles het perke. Ons kan ons nie verder bluf nie. Ek kan nie gaan towenaar speel tydens kruisondervraging nie. Daar is net eenvoudig geen hase om uit enige hoedens te trek nie. Ons gaan gestenig word deur die publiek wanneer ons by daai hof uitstap. Ek sal verbaas wees as regter Smuts nie daar en dan uitspraak gee ná Binge se herondervraging en ons betoë nie. Dit sal tjop-tjop oor wees in 'n paar minute se tyd."

"Ek hou nie van hierdie overs-ke-dovers-houding van jou nie. Moenie dat ons pessimisme covideer nie."

"Sjoe, maar jy is skeppend! Pragtige woord."

Ons gebruiklike gemoedelikheid is herstel. Ons begin sif en hark deur ons karige feite op soek na klippies wat mag vashaak of blink in die sif.

# Dag 13

## KAMERS
## EDWARD CROSS

E k is spyt toe sy nie opdaag nie. Ek het gehoop sy sou die vernedering kon wegslaap.

Sy kon my ten minste geskakel het. Of moes ek haar kontak en terug nooi?

Sy is só begaafd. Om net na haar te luister is vir my stimulerend. Alle standpunte is onderworpe aan kritiek.

Dis egter nie die punt nie. Die manier wat sy haar standpunt tuisbring, bekoor my. Sy is so uniek.

Danie is gespanne oor ons verhoor en nou haal hy dit op haar uit. 'n Brose jong dame. Sy mag nie durf stry met Danie nie.

Ek beloer haar geplakte papiere.

Pyle. Vraagtekens. Rooi kringe. Datums. Name.

My bode klop beleefd. Sy bring my pos vanaf my bus by die Vlaeberg-poskantoor. Omdat ons môre in die hof is, wou ek aanvanklik die pos los, maar 'n groterige koevert trek my aandag. Dit dra 'n Molteno-stempel.

Die inhoud skok my.

Ek bel Danie. Hy bly lank doodstil.

Johannes en ek het 'n laaste piepie staproetine. Hy slaap binne. Ek moet sy blaas leeg kry voor ons nagrus. Soos met alles is hy ook hieroor opgewonde. Die straat is stil. Sy snuffelgretigheid het geen perke nie. Dit is waarmee ek môre in die hof besig sal wees. 'n Snuffelgretigheid om vir 'n weduwee en twee weeskinders iets te kan gee in ruil vir Klaus Erasmus se ontydige dood.

Bo in die kamer skop Martie nes vir ons slaap. Sy het stil geword. Sy het nie gekla oor die glase wyn en voorbereiding met Anita nie.

Ek kry lag vir myself. Wat was daar werklik op my agenda? Voorbereiding? Vir wat eintlik? Die vreemde houvas wat 'n vrou op 'n man kan kry. Die eienaardige spel wat gespeel word te midde van ernstiger sake.

Johannes lig sy poot vir die derde keer.

Ek is bekommerd oor môre. Hoe kan ek hom vastrek? Hoe verander Max se koevert die meriete van ons saak?

Johannes kies 'n kol waar hy sy pote met mening op 'n plek op die sypaadjie afvee. Sou ander snuffelaars daai poot se reuk kon eien?

Ruik ek iets mis? Ek voel swartgallig oor ons saak. Dit voel asof ek, soos Johannes, net op een plek staan en skrop-krap na niks.

# DEEL DRIE

*Ek het 'n huisie by die see. Dis nag.*
*Ek hoor aaneen, aaneen die golwe slaan*
*Teenaan die rots waarop my huisie staan.*


Henry Allan Fagan
Hoofregter 1957–1959

# SANTIE SMITH

M y jeug in Molteno was 'n groot vernedering en hartseer. Reeds op tienjarige leeftyd het ek beplan hoe ek my pa sou vermoor.

Ek sou wag tot dat hy klaar is met sy dronk verkneusing van my ma. Sy sou vlug uit hul slaapkamer en haar toesluit in Sunnyside se gastekamer.

Hy sou lawaai en swets, nog drink, maar later basies neerslaan op die bed en snork asof hy verwurg word.

Ek was bang. Toe ek jonger was, het ek baie aande my bed natgemaak. Ek was bang om te beweeg terwyl ek luister hoe hy haar karnuffel. Ek moes haar probeer red. Red van hierdie demoon.

Ek het, as tienjarige, beplan hoe ek die rewolwer uit die kas sou gaan haal in sy kamer. Hy sou nie in sy besope toestand wakker word nie. Ek sou die loop teen sy slaap druk en soveel moontlik skote afvuur. As hy sou beweeg, sou ek hom in beide oë skiet om te verseker dat hy ten minste vir ewig blind sou wees. Hy sou in sy blindheid minder skade kon aanrig. My bang ma sou kon wegkruip.

Ek het gedink die landdros sou my straf deur my na 'n weeshuis in Ugie of 'n verbeteringskool in Queenstown te stuur. Ek was bang vir die tronk, of dat ek die doodstraf kon kry.

Aand vir aand het ek, huilend in my bed, die moord beplan. Ek het myself gevloek vir my lafhartigheid.

My ma, Eleanor, wou hom nooit skei nie. Sy het gesê sy is té lief vir hom. Dit is vir my totaal onverstaanbaar. 'n Simpatieke slaansak. Ruggraatloos.

Elke oggend sing hy in die badkamer. "Take me to your heart again."

Dan smelt sy weg in patetiese vergifnis. Kortsigtig.

Vaatjie het hom onttrek. Hy het troos probeer vind in kos en musiek. Musiek sou hom seker wegvoer na 'n ander wêreld. Kos moes meer as hongerpyne stil.

Ma het gelukkig verpleegkwalifikasies gehad. Sy was 'n suster by die plaaslike hospitaal.

Die hele dorp het geweet van die suip en verkneusing. Niemand het egter ooit iets gesê nie. Die manier waarop mense na my gekyk het, was seer. Nie afkeurend nie. Nie simpatiek nie. Net 'n kyk van dat hulle weet. Kondonerend.

Ma is nooit polisie toe nie. Sy wou hom nie verneder nie. Sy wou nie hê mense moes weet nie. Lagwekkend. Sy wou nie 'n beskermingsbevel kry nie. Sy ken die mense by die hof te goed.

Sy het haar gekneusde bloupers arms probeer wegsteek vir die publiek. Vele kere het sy geswolle oë agter 'n donkerbril probeer verbloem.

Hoe sy staande gebly het op hierdie klugverhoog is 'n wonderwerk. Meesterlike toneelspel. Kulkunstenaar. Sy het vir my en Vaatjie in die skoolkoshuis geplaas. Probeer sensor speel.

Dit het niks versag nie. Inteendeel. My haat en afsku vir hom het gegroei.

Danksy my verstand kon ek aan die Noordwes Universiteit aptekerswese swot. Daarna het ek my in die Kaap gevestig. Vredehoek onder Duiwelspiek.

Met gemengde gevoelens het ek toegestem dat beide my ouers by my kon kom aftree. Was dit deel van my plan? Vergelding.

Die aanbod om Sunnyside te koop, het alles momentum gegee. Hy het nie vir Vaatjie konsidereer nie. Ook nie vir ma óf vir my nie.

'n Selfsugtige besluitnemingsproses. In effek sou Vaatjie op straat uitgesmyt word. Pa sou drankgeld hê vir die res van sy lewe.

Ma was stil. Sy was gewoonlik uitgesproke teen die frackers in ons distrik. Sy was weer te lafhartig om teen pa op te tree. Bangbroekig.

Toe werk die noodlot gelukkig saam. Pa word positief getoets vir die virus. Eers net griepsimptome, maar toe 'n asemnood. Temperatuur wat klim.

Hy het die aanvaarding van die aanbod op Sunnyside geteken en vir my opdrag gegee om dit vir die prokureur te stuur. Ek het dit by my werk opgeskeur.

Hy is opgeneem in die Hospitaal van Hoop. Die Kaapstadse Internasionale Konferensiesentrum se kamstige tydelike pronkstuk.

Ek kry lag. Hospitaal van Hoop! Wat 'n swak benaming. Ná 'n honderd dae van die grendeltydperk, toe ons op Vlak 3 was, het die staat met hul rookverbod reeds twee hospitale se oprigtingskoste aan belasting op sigarette verloor. Honderde werksgeleenthede kon geskep word. 'n Skreiende skande.

In die Hospitaal van Hoop was daar rye en rye beddens met sterwendes. Daar was ook 'n persentasie oorlewendes. Dit was nóú my tyd. Ek wou verseker dat hy nie onder die oorlewendes sou ressorteer nie.

Dit was relatief maklik.

President Ramaphosa het kom loer hoe die Hospitaal van Hoop lyk. Premier Alan Winde was trots. Daar was vir 800 pasiënte plek met die piek van die pandemie.

Die skokkende statistiek het daagliks hoër gekruip. Derduisende geïnfekteerdes landwyd. Wêreldwyd.

Tydens sy toespraak meld president Ramaphosa dat geld nie 'n kwessie is nie en dat hospitaalpersoneel dringend aangestel moet word.

My kwalifikasie het gehelp. Ek het onbepaalde verlof by my werk geneem om kwansuis te gaan help met die versorging van my vader. Bedrieër.

So het ek in my vreemde wit ruimtepak daagliks tussen die rye en rye virusslagoffers kon beweeg.

By Bed 751 het ek langer verwyl. Ek wou hê hy moes die haat in my oë lees. Sy ventilator was 'n swak getuie.

Ek het my verlekker in die vrees in sy oë. Hy was so hulpeloos. Pateties.

Hy moes ly. Ek het teruggedink aan die aande wanneer hy laat terugkeer vanaf Flippie Polivnick se kroeg. Sy gevloekery. Die vrees in my ma se oë.

Nou was die tyd ryp. Dit was laatnag. Die massiewe saal was half verlig.

Van my kollegas was besig om twee afgestorwenes uit te stoot.

By Bed 751 het ek gaan staan. In die saal was daar gebruiklike kreune, snorke en benoude nagmerriegeluide. Ek het in sy drip gespuit wat ek voorberei het. Maklik. Net nog 'n statistiek. Net nog 'n rubberstempel in plaas van 'n deeglike nadoodse ondersoek. Roetine.

Moet my nie probeer kritiseer nie.

Beleef wat ek moes beleef het en beslis dan.

My sin vir geregtigheid is vlekkeloos. Ek is spyt oor die vertraging. Laat my aan ons howe dink. Die stelsel het my gefaal. Ek moes reg in my eie hande neem. Vergelding.

Ek weet my geheim is veilig by jou. Jou regsgevoel dikteer een van stilswye. Samesweerders.

Wat 'n wonderlike ironie. Eleanor Smith word verdink van hierdie moord. Haar verdiende loon. Die swyger se straf.

# MARTIE CROSS

Ek tel die blokke op die plafon. My monoloog dreun voort. My soeke na iets. Iets wat ons gehad het. Voordat ons drome van sukses waar geword het.

Soms, jare gelede, het Edward Vrydae om vyfuur die middag in die bed geklim. Gedaan en uitgemergel ná 'n veeleisende week in die hof.

Dan is hy weer die hele Saterdag en Sondag op kamers om seker te maak dat hy Maandag die regte vrae vra om te kan wen. Die belangrike wen ten alle koste. Opponente uitoorlê. Regters beïndruk. Oorhaal en oorreed.

My lewe was reeds voor Covid-19 dié van 'n kluisenaar.

Edward het verander. Algaande afgekoel jeens my. Aanvanklik is sy werk spottenderwys as sy jealous mistress beskryf. Die veeleisende minnares wat hom altyd by haar wou hê. Hy het sy werk aanbid. Dit het sy afgod geword.

Nou is daar 'n ánder dimensie. Hy kom steeds laat by die huis, maar hy klink na wyn en ruik na bloeisels. Alles tuis irriteer hom. Hy eet nie die kos wat ek vir hom in die oond warm hou nie.

Op my navrae antwoord hy stug dat hy aan Charlotte Erasmus se verhoor se hervatting voorberei.

Soms wonder ek of daar ook nog 'n ander jealous mistress is.

## PROFESSOR ALMERO BEUKES

Ek wil u nie verveel met my kwalifikasies en ondervindinge
nie. Ek was vir baie jare 'n dosent aan die Universiteit
Boland. Die Suid-Afrikaanse strafprosesregstelsel lê my na
aan die hart.

Ek tree dikwels op as 'n assessor in die Kaapse Hoog-
geregshof. Selfs ná my aftrede en terugkeer na my hinterland,
Molteno, het ek gelukkig hierdie vorm van kontak met die
regbank behou.

Ek is baie besorgd oor wat tans in ons land en sy regstelsel
gebeur. Dit voel soos 'n erosiesloot wat aanhou inkalwe en
wegkalwe met elke reënbui.

Daar is so baie voorbeelde wat ek kan noem. Dit is soos
'n bose kringloop wat al hoe meer onder ons beheer uittol.
Die magteloosheid van ons publiek met plaasmoorde, geweld
teenoor vroue, vertragings in die regsproses, gebrek aan
opleiding en ervaring van regsprekers, korrupsie, oneffek-
tiewe vonnisse, die beeld van geregtigheid in ons howe, pa-
rool verlenings, swak ondersoekwerk deur polisie ... Ek word
net al hoe warmer onder my kraag. Almal weet waarvan ek
praat. Ons lys is eindeloos.

Ek gaan nou ophou sanik en kla en vir u die vraag vra:
Hoe gaan ons die gemors waarin ons tans is, aanspreek en
regstel? Of gaan ons eenvoudig met 'n *laissez faire*-houding
Gods water oor Gods akker laat loop?

Ek is verby die stadium waar ek dink dat dit deur protes-
optogte gedoen kan word. Briewe aan die pers met baie
klagtes is tydmors. Ek verafsku die afbrand van skole en
biblioteke om aandag te probeer trek.

Dit is, kortliks, teen hierdie agtergrond wat die stigting van TOT HIER gebore is, reeds jare gelede.

Ek was verbaas oor die steun uit alle bevolkingsgroepe, ongeag taal of ras. Ons is saam in hierdie gemors en ons wil saam hieruit kom. Suid-Afrika het 'n geskiedenis oor baie dekades van vele soortgelyke bewegings wat hulle basies in moedeloosheid vind.

Dink maar aan 'n groot gedeelte van ons bevolking wat aanvanklik geen stemreg gehad het nie. Mense wat in afsonderlike getuiebanke in 'n hof moes getuig. Gereserveerde sitplekke net vir blankes. Frustrasie en vernedering. Weerstandsbewegings. Mense wat misdryf en dwelmverkope wou uitroei.

Reg deur ons geskiedenis het daar dan twee goed gebeur.

Eerstens begin 'n deel van so 'n beweging fanaties raak. Hierdie moedeloses gaan oor tot die een of ander vorm van geweld; strydig met die beweging se aanvanklike edele motiewe. Hierdie fanatiese splintergroep neem dan die wapen op, of laat bomme ontplof wat soms tot sterftes lei.

Die tweede ding wat gebeur, is dat die staat ingryp. Samekomste word as onwettige en gevaarlike aanhitsing geag.

Wat is die logiese gevolg?

Moedelose mense word verplig om ondergronds te beweeg en te vergader. Hulle word die slagoffers. Jy wil die regstelsel verbeter, maar jy word verwyder uit die samelewing deur daardie einste futlose regstelsel.

Ek het landwyd vergadering ná vergadering toegespreek. Ons het 'n effektiewe intelligensieafdeling. Daar was, danksy hulle, nooit 'n verraaier of verklikker in ons midde nie.

Daar was baie ruimte vir 'n alternatiewe vorm van straftoemeting. As die polisie niks doen aan die dwelmhandelaar wat op kinders spesialiseer nie, waarom nie self die dwelmnes uitwis nie?

Skuldiges wat op 'n tegniese punt loskom in die hof. Nuuskierige polisiemanne wat 'n moordtoneel vertrap en besoedel en sodoende kosbare bewysmateriaal vernietig. Waarom nie sorg dat die Bybelse voorskrif van 'n oog vir 'n oog gestalte vind nie?

Indien ek as assessor in die hof sou merk dat 'n advokaat skelm en oneties is, moet ek dit net gelate aanvaar? Of moet ek liewer die vrot appel uit die sisteem laat verwyder?

Watter nut is advokate wat hand om die lyf staan met moordenaars? En dit vir 'n paar silwerstukke. Moet ek toekyk hoe van my studente verval tot patete? 'n Skande vir die regsberoep. Bloedsuiende parasiete.

Klaus Erasmus was een van my studente.

Ek het teruggekeer na Molteno, ná my vrou se dood, koue ten spyt. Die gemeenskap het my met hul gebruiklike gasvryheid ontvang.

Ek het ook 'n woonstel in Tuine naby die hof in Kaapstad. Dit is my tuiste tydens assessorswerk.

Verskeie regters is my universiteitsvriende. Dit is ook 'n eer om saam met van my oudstudente op die regbank te sit. Ons probeer hard om misdadigers agter tralies te kry. Ons stryd word bemoeilik wanneer die regering met die aanvang van Covid-19 'n hele 19 000 prisoniers vrylaat.

Die flou verskoning was dat ons gevangenisse oorvol is.

Dit gaan my verstand te bowe waarom die veroordeeldes nie self kan tronke bou nie? Daar is 'n hordes vakmanne agter tralies. Daar is nog veel meer wat kan baat deur hierdie ambag aan te leer.

Eerder dit as wat hulle daar sit en met hul duime speel en dwelms gebruik wat die bewaarders insmokkel.

Ons howe is te stadig. Ons polisieondersoeke te oppervlakkig. Tronke het soos hotelle geword. Menseregte word verkeerd vertolk.

Ek aanvaar dat die doodstraf nie gaan terugkeer nie. Dis soos water wat verby is onder die brug, maar private afrekening moet daarvoor plek maak.

Die doelstellings van vonnis het gesneuwel. Geen gevonnisde kan rehabiliteer in die tronk nie. Dis onmoontlik.

Geen vonnis het deesdae 'n afskrikkingswaarde nie. Geharde kriminele lag vir hul vonnisse en kom gereeld voortydig uit die tronke om weer die gemeenskap te vermink.

Sekere vrouelanddroste gee aan kindermolesteerders opgeskorte vonnisse.

Landdroste en regters teen wie daar ernstige klagtes hangend is, word steeds op ons regbanke gesien. Sommige regters het die uitstelmetodiek só lagwekkend vervolmaak dat dit onverdedigbaar is.

Ek is jammer. Ek kan nie meer stilsit en niks doen nie. Ek het 'n plig teenoor die publiek. Ek moet hulle beskerm. Ek vrees geen gevolge nie.

My benadering tot geregtigheid het 'n positiewe reaksie uitgelok by baie mense van Molteno en die omgewing. Ons veg ons oorlog daar teen voornemende besoedelaars. Grondskudders. Frackers. Vuilgoed.

Ons het 'n skaarste aan waterbronne. Vir verstaanbare redes is baie emosie betrokke.

Geweld teenoor vroue is onverskoonbaar. Ook hier veg ons 'n verbete stryd. Drie mans is al geteer-en-veer in die distrik. Die vrouens moet net kla.

Tydens Eleanor Smith se besoeke aan my huis wou sy nooit kla nie. Sy was ontwykend oor haar persoonlike lewe.

Vir my was daar altyd 'n slang in die gras.

Haar man, Alwyn, se dood aan Covid-19 was vir my goeie nuus. Regverdigheid wat seëvier. 'n Deel van die gemeenskap het egter vir Eleanor verguis. Sy word verdink van moord, deur hulle, op haar man. Myns insiens sou sy strafloos wees indien daar enige waarheid daarin steek.

Ons moet die grense van noodweer en noodtoestand verbreed vir vroue wat aangerand word deur hul gades.

TOT HIER se intelligensiearm was dadelik op hul hoede met Max Kriegler se koms na Molteno. Waarom sal 'n gesoute speurder in ons snerpende winter vir 'n onbeperkte tyd kom kuier?

Beslis 'n regeringsman wat aangesê is om te kom rondkrap. Net té veel by Stormberg, Flippie Polivnick se kroeg. Eintlik 'n suiplap.

Ons aanvanklike strategie was om hom 'n koue skouer te gee. Hy was egter te dikvellig. Kamma 'n man vermoor tydens ondervraging. Net té dik vir 'n daalder. Hy was geplant. Nogal Vaatjie Smith se kamermaat. Vaatjie is nou meer betrokke by ons intelligensie.

En toe die inbraak in my huis. Of sal ek sê, die opsetlike uitbraak met die kombuisvenster wat oopstaan op 'n koue wintersnag? Ek tref die oop venster aan met my terugkeer van Burgersdorp. Ons het vinnig twee en twee bymekaar gesit.

Intelligensie het inderhaas alle bewysstukke verwyder voor die visentering die volgende oggend.

Die liasseerkabinet staan veilig op die solder van 'n plaas.

Net ek het 'n sleutel. Eintlik het dit nou irrelevant geword ná Max Kriegler se dood. Alles is rustig. Die probleem is egter dat hy inligting kon gesien het oor Demetri Cavallas se dood waarin ek assessor was.

Ek het daarna op 'n lys boekgehou van al die advokate wat vermoor is. Kolonel Sykes Vermeulen se effektiwiteit is volgens ons intelligensie onder verdenking.

Dit lyk asof die kolonel met oogklappe werk. Genugtig! Hoeveel bewyse moet daar nog wees voordat iemand iets doen? Hoekom moet ek die getuienis teen hom laat insamel? Wat se refleksie werp dit af?

Word die kolonel betaal deur iemand om hom blind en vertraag te hou?

Die troos is dat niks in Max Kriegler se kamer by Nien gevind is nie. Ja, en toe die skoot op Max wat mis is, maar die bakkie wat hom vernietig. Niemand kan 'n saak bo redelike twyfel teen my bewys nie.

Die eienaardige akkusatoriese stelsel in ons geliefde land sal tot my redding kom. Ek sal swyg. Niks sê nie.

Ek was my hande in onskuld.

Ek is 'n kenner van ons bewysreg.

Ek is so los soos 'n tolbos.

## REGTER NORMAN SMUTS

Natuurlik speel simpatie 'n rol tydens my evaluerings-proses.

Simpatie het egter ook grense. Ek het feite nodig waarop ek my uitspraak moet fundeer. Ek kan nie met simpatie vir Charlotte Erasmus en haar kinders afskop en dan die feite soek om dit te regverdig nie. Ek moet met die feite begin en dit dan hoogstens met simpatie geur.

Die norm wat ek moet toepas, is 'n graad van oortuiging. Die cliché wat ons howe gebruik om dit toe te pas, is gebaseer "op 'n oorwig van waarskynlikhede".

Met ander woorde, ek moet die twee weergawes voor my van die eiseres en verweerder teen mekaar opweeg en besluit watter weergawe, op die feite gebaseer, die waarskynlikste is. Let wel: op die feite. Die vraag is nie hoe jammer ek vir Charlotte Erasmus voel nie.

Ek kan nie vir alle regters praat nie, maar oordeel is soms 'n vreemde ding. Ek vind dit menslik onmoontlik om te sit en wag tot aan die einde van die advokate se betoë om dan my oordeel of besluit te laat geld.

Ek is konstant besig tydens 'n verhoor om my oordeel te laat geskied. Soms ry dit wipplank soos die verhoor ontwikkel en die getuies getuig. Ek moet my steur aan alles wat deur beide litigante aangebied word. Ek moet my steur aan die geloofwaardigheid en die indruk wat 'n getuie tydens kruisondervraging maak.

Kan 'n getuie geglo word ten spyte van 'n leuen? Kan oorgretigheid en frustrasie inkruip en verwoesting saai? Hoe groot is die skade wat klein jakkalsies kan aanrig aan 'n saak?

Ek lê snags en worstel. Ek vind nie waarna ek soek in Charlotte Erasmus se saak nie. Ek weet dat die kruisondervraging van die verweerder nog nie voltooi is nie, maar ek moet tog ook realisties wees. Dis my regterlike plig om onbevange en onpartydig te wees.

My oordeel, tans, sê vir my dat Charlotte Erasmus te min aangebied het om die verweerder se aanspreeklikheid te bewys.

Die loer deur die gordyn is onbetroubaar. Onbekende mans wat verby beweeg. Sy wat besig is om die gordyn toe te trek. Haar observasie tydens omstandighede wat uiters beperk was.

Die naamlose argumenteerder in die studeerkamer. Geen getuienis waaromtrent die argument was nie. Klaus se stilswye. Haar oningeligtheid. Geen motief is geïllustreer nie. Evans wat onskuldig bevind word aan sy vrou se moord.

My broeder Ishmael wat Evans onskuldig bevind aan die moord op Klaus Erasmus. Dis tog iets wat ek nie kan ignoreer nie.

Toegegee, die bewyslas voor regter Ishmael was swaarder, naamlik die staat moes toe Evans se skuld bo redelike twyfel bewys. Maar is daar enige waarskynlikhede wat die eiseres se saak, tans voor my, begunstig bo dié van Evans se ontkenning?

Ek is bevrees Evans gaan hier as die oorwinnaar uit my hof stap. Die publiek en pers gaan dit haat. Daar sal 'n geween wees en ons howe en ons regprosesstelsel sal gekritiseer word. Drie advokate sinneloos doodgeskiet en niks op die telbord vir die soekers na geregtigheid nie.

# DEEL VIER

*Jou lus is in jou baas se lief*
*In sy verdriet jou leed;*
*Sy nuk en gril — jou wet en wil*
*Wyl jy jouself vergeet.*

Cornelis Jacobus Langenhoven
1873-1932
Prokureur te Kaapstad en Oudtshoorn

# 1

D aar is 'n opgewonde, afwagtende atmosfeer in die hof. Ons wag op regter Norman Smuts se koms.

Ek voel vaal. Teleurgesteld. Die kol op my maag kou en klop. Andrew Evans stap na die getuiebank. Amper selfvoldaan. Dit voel so lank terug sedert my kruisondervraging begin het.

Hy gaan sit en kyk glimlaggend na die galery.

Ek loer terug. Links voor sit Eleanor Smith langs 'n jong man. Anita Klomp sit op die punt in die agterste ry. Sy glimlag. Ek merk vir Sylvia Bembe en Elaine Cohen in gesprek. En sowaar, agter hulle sit Almero Beukes. Hy lyk stroef. Versonke in sy gedagtes.

Danie Nortjé en Charlotte Erasmus sit direk agter my. Charlotte probeer vir my glimlag. Haar lip bewe. Danie kyk na die stewige perskontingent in die ou juriebank. Ingewurm en slaggereed vir enige nuuswaardigheid.

Advokaat Rodney Binge maak aantekeninge wat hy waarskynlik later in sy betoogshoofde sal inkorporeer. Sy prokureur lyk optimisties.

'n Ander stenografiste sit voor die masjien. Regs bo gaan 'n deur oop. Die bode se bulderende stem kry ons op ons voete.

Regter Smuts stap waardig en flink in. Hy staan eers by sy stoel en knik met sy kop vir my en advokaat Binge. Ons buig en gaan sit.

Daar is 'n gekraak van houtbanke. 'n Vlugtige keelskoonmaak en hoesbui van die publiek. 'n Gereedmaking vir wat mag kom.

Regter Norman Smuts kyk oor die hof. Dit word stiller.

"Goed, ons hervat. Advokaat Cross, u was besig met kruisondervraging wat ongelukkig onderbreek moes word. Ek verneem ons vorige stenografiste sterk goed aan. Meneer Evans, ek gaan dat my griffier weer vir u die eed oplê."

Die griffier beweeg tot voor Evans.

Ek dink aan die versie wat Danie dit genoem het tydens ons wyntjie met Anita by Delos.

"Is u gereed vir u kruisondervraging, advokaat Cross?"

Ek kom op my voete.

"Dankie, u Edele, ek is."

"Gaan dan voort."

V:  Meneer Evans, was u die enigste eienaar van die gesellinklub, Rousers, te Groenpunt, ongeveer 'n jaar gelede?

A:  Ja, ek was.

V:  Dit was ten tye van die moord wat daar op 'n toeris gepleeg is?

A:  Ja.

V:  U werknemer, meneer Demetri Cavallas, was aangekla van die moord?

A:  Ja. En hy was onskuldig bevind.

V:  Dink u die moordenaar is nog op vrye voet?

A:  Ek sou nie weet nie.

V:  Daar was toe 'n pro Deo-advokaat aangestel vir
    meneer Cavallas?
A:  Ek ken nie die uitdrukking nie. Dit klink soos Grieks
    of Latyns.

Hy geniet die raserige reaksie wat sy antwoord by die publiek
ontlok. Regter Smuts se blik laat hulle stil word.

V:  Dit beteken die staat stel 'n advokaat aan en die staat
    betaal vir die advokaat omdat meneer Cavallas dit nie
    kan bekostig nie.
A:  Ja, daar was.
V:  En die advokaat was wyle advokaat Fred Cohen van die
    Kaapse balie?
A:  Ek weet nie.
V:  Wou advokaat Fred Cohen ooit met u konsulteer oor die
    moord by u besigheid?
A:  Nee.
V:  Is u seker hiervan?
A:  Ja.
V:  Het die advokaat toe vir meneer Demetri Cavallas op-
    getree?
A:  Ek is nie seker nie.
V:  Het u nie vir meneer Cavallas 'n ander advokaat van
    Johannesburg gekry nie?

Hy bly 'n ruk stil. Dis asof sy aanvanklike bravade taan.

V:  Kan u asseblief antwoord?
A:  Dis lank terug. Ek kan nie onthou nie.
V:  Kom nou, meneer Evans. 'n Moord by u besigheid. U
    werknemer word aangekla. Hy gaan nou verhoor word.
    U besigheid se naam is op die spel. Sê u dat u nie kan
    onthou of u vir hom 'n ander advokaat gekry het nie?

A:   *Ek wou niks met hierdie slegte publisiteit te doen gehad het nie.*

V:   *Waarom wil u uself daarvan verwyder? Dit raak tog u naam?*

A:   *Ek kan nie blameer word vir wat mense aanvang in 'n klub nie.*

V:   *Kom ek bring u nader, meneer Evans. Het u vir die Johannesburgse advokaat Isaacs betaal?*

Hy stoot sy vingers deur sy hare.

A:   *As ek betaal het, sou ek dit afgetrek het van Demetri se salaris.*

V:   *Dit moes nogal 'n aardige bedrag gewees het. U sê u kan nie onthou dat u dit betaal het nie?*

A:   *Ek kan nie onthou nie.*

V:   *Weet u wat toe geword het van advokaat Fred Cohen?*

A:   *Nee.*

V:   *U het nooit gehoor dat hy geskiet is in sy motorhuis in Groenpunt nie? 'n Tipiese tref-en-trap-geval waarin hy noodlottig gewond is.*

Daar is 'n ritseling in die galery.

A:   *Nee, ek het nie daarvan gehoor nie.*

V:   *U het nog nooit gehoor of gelees of op TV gesien van hierdie afskuwelike moord op advokaat Fred Cohen, u werknemer se advokaat, nie?*

A:   *Nee.*

V:   *U wil hê ons moet dit glo?*

A:   *Ja.*

V:   *Weet u of advokaat Fred Cohen vir meneer Cavallas by die moordtoneel by Rousers ontmoet het ter voorbereiding van Cavallas se moordverhoor?*

A: Nee.

V: Het u gereeld by Rousers, u besigheid, gekom?

A: Nee.

V: Het u enige ander bronne van inkomste gehad?

A: Taxi's.

V: Hoeveel dames het by Rousers vir u gewerk tydens die moord?

A: Ek's nie seker nie.

V: Meer as tien?

A: Ja.

V: Het hulle salarisse verdien, of op kommissie gewerk?

A: Beide. Salaris én kommissie.

V: Wie was die persoon wat op u perseel vermoor is?

A: Hy was 'n toeris. Ek kan nie sy naam onthou nie.

V: Lui die naam Louis Bennard 'n klokkie?

A: Nee.

V: Het u gehoor dat daar drie advokate van die Kaapse balie is wat binne die bestek van enkele weke doodgeskiet is?

A: Ek weet van advokaat Klaus Erasmus. Hy sou my verdedig het. Hy is die oggend van my verhoor in sy kar doodgeskiet.

V: 'n Vreemde toeval, is dit nie? Erasmus, Cohen ...

A: Ek het u reeds gesê ek weet niks van Cohen nie.

V: En advokaat Archie Bembe?

A: Ek weet nie van hom nie.

V: Hom nog nooit gesien nie?

A: Nee.

V: Op watter klag sou advokaat Klaus Erasmus u verdedig?

A: Moord. Ek is onskuldig bevind.

V: So, volgens u weergawe, tot dusver, was u direk of indirek betrokke by twee van die drie advokate wat geskiet is?

Advokaat Binge kom vinnig op sy voete.

"Ek maak beswaar, u Edele. Die opsomming van my geleerde vriend is onjuis en verwarrend. Dit sou meer korrek wees as hy sou sê advokaat Erasmus was my kliënt se advokaat op 'n stadium en dat advokaat Cohen skynbaar 'n werknemer van my kliënt sou verteenwoordig. Die woord 'betrokke' mag 'n nadelige gevolgtrekking ontlok wat dit beslis nie regverdig nie."

Regter Smuts maak korte mette van Binge se ongelukkigheid.

"Dit klink vir my semanties. Ek is die een wat die gevolgtrekkings sal maak. Gaan voort, advokaat Cross."

"Soos u behaag, u Edele."

V: *Ek stel dit aan u, meneer Evans, dat u betrokkenheid, of dan nabyheid aan twee voorvalle van moord op advokate, vreemd en verdag voorkom.*

A: *Ek betwis dat dit vreemd of verdag is. Dis die toeval wat dit so wou hê. Ek was die slagoffer van ongelukkige omstandighede.*

V: *Het u ooit 'n woordewisseling met advokaat Erasmus gehad?*

A: *Nie wat ek kan onthou nie.*

V: *Was u in alle opsigte tevrede met hoe hy u saak hanteer het?*

A: *Ja. Ons sou onskuldig pleit en ek is ook, ná sy dood, onskuldig bevind. Advokaat Isaacs het die saak vir my klaargemaak.*

V: *Ook advokaat Isaacs?*

A: *Dit is die enigste saak wat hy vir my gedoen het. Advokaat Binge het my verteenwoordig in my moordverhoor van Klaus Erasmus.*

V: *Ek merk die moordverhoor van u vrou was drie en twintig keer uitgestel?*

A: *Ek kan nie daarvoor pa-staan nie.*

V:  *Die moordverhoor van advokaat Klaus Erasmus was negentien keer uitgestel?*

A:  *Moontlik. Dis maar hoe die stelsel werk. Dis ook hoekom ek vandag so sukkel om te onthou.*

V:  *Was u ooit aan huis by advokaat Erasmus?*

A:  *U het vir my twee weke gelede dieselfde vraag gevra. My antwoord is steeds nee.*

Regter Smuts: "Advokaat Cross, sal dit vir u geleë wees om op hierdie stadium u kruisondervraging te onderbreek vir die teeverdaging?"

"Seker, u Edele."

Met die regter uit die hof styg daar 'n kakofonie van opgewonde stemme op.

Ek kyk terug na waar Anita steeds glimlag.

Die prof lyk suur.

# 2

## REGTERS-TEEKAMER NORMAN SMUTS

"Hoe vorder julle, Norman?"

"Geen vuurwerke nie, Stephen. Cross lê tans klem op toeval. 'n Nabyheid of skakel tussen Erasmus en Fred Cohen se skietery."

"Hoe vaar Evans onder kruisondervraging?"

"Cross is nie op sy gebruiklike stukke nie. Dis asof hy swak geslaap het."

Regter Stephen Ishmael skink tee en kom sit langs Smuts.

"Stephen, Evans is een van daardie mense wat vir my en jou blootstel aan 'n oordosis moordsake. Ek vrees soms dat ek afgestomp mag raak. Moord op moord op moord."

"Wat maak ons land so anders in die wêreld, Norman?"

"Ons moordstatistiek is van die hoogste in die wêreld. Dis soos 'n potjiekospot met vele bestanddele. Dit beklemtoon die noodsaaklikheid van die doodstraf se afskrikking in 'n derdewêreldse land."

"Om plaasmoorde te sien as 'n wraakaanval op apartheid is onsinnig."

"Gooi nog bendegeweld in ons hutspot. Gooi nog geweld teenoor vroue by. 'n Pandemie op sigselwers."

"Die slakkepas waarteen howe straftoemeting laat geskied as gevolg van onbevoegde speurdersondersoeke. Die lys is onbeperk. *Ad infinitum.*"

"Dalk het ek en jy 'n aandadigheid hieraan, Stephen."

# 3

"U is steeds onder eed, meneer Evans. Dankie, advokaat Cross."

"Soos dit u behaag, u Edele."

V: *Meneer Evans, ek wil u weergawe toets aan die hand van dokumentêre getuienis. Ek toon aan u die oorspronklike dagboek van advokaat Fred Cohen.*

Binge maak beswaar. Hy voer nie-blootlegging, toelaatbaarheid en benadeling aan. Ons spreek die hof toe. Regter Smuts aanvaar dit voorlopig en gelas dat ons hom later in detail hierop moet toespreek.

Die dagboek gaan in as 'n bewysstuk.

In my verdere ondervraging brei ek uit oor die dagboekaantekening wat dui op 'n besoek deur Fred Cohen aan Rousers. Ek benadruk die konsultasie wat met Evans gedagboek was en Cohen se ontydige dood 'n dag voor hierdie datum.

Evans probeer alle suggesties glibberig afmaak met ontkennings.

Ek maak die Molteno-koevert oop. Ek verduidelik aan die hof wanneer dit ontvang is en kolonel Max Kriegler se omstandighede.

Weer maak Binge beswaar, maar die hof aanvaar dit as bewysstukke op dieselfde basis as die dagboek.

V: *Goed, meneer Evans, die foto ...*
A: *Ek weet niks van die foto nie.*

'n Afskrif van die foto is reeds deur die ordonnans voor hom beplaas. Hy lyk bekommerd.

V: *Nie so haastig nie, meneer Evans. Kom ons bekyk hierdie foto eers behoorlik. Kom ons prikkel u geheue.*
A: *U probeer my kwaad maak met u sarkasme.*

Hy begin nou 'n ander kleur wys. Sy stem klink dreigend. Ek dink aan Charlotte Erasmus wat die stem in Klaus se studeerkamer beskryf het. Hul rusie.

V: *Die foto is van twee mans wat saam uitstap by Rousers.*
A: *Ek weet nie.*
V: *Stem u saam dis Rousers?*
A: *Ja.*
V: *Stem u saam die een persoon is u?*
A: *Ja, maar ek weet niks van die foto nie.*
V: *Ontspan, meneer Evans. Die ander persoon is advokaat Archie Bembe, is dit nie so nie?*
A: *Ek weet nie.*
V: *Stem u saam dit lyk of julle in 'n gesprek is met mekaar?*
A: *Nee. Dit kan bloot toevallig wees.*

V:  *Sê u dis weer die vreemde noodlot? Dis een van die drie advokate wat geskiet is. Onthou u die naam?*

A:  *Ek weet niks van hierdie man nie.*

V:  *Was hy 'n gereelde kliënt daar?*

A:  *Ek sê nou vir u vir die tiende keer ek weet nie. Kan u dit nie verstaan nie?*

V:  *Kalmeer, meneer Evans. Waarom ontstel u u so?*

A:  *U wil nie end kry nie. Ek weet nie wanneer of deur wie hierdie foto geneem is nie. Dalk was die man per toeval daar langs my afgeneem.*

Ek kom nou by die vraag wat my deur die nag gepla het. Ek probeer dink aan sagter opsies. Uitweë. Omseilings. Maar daar is nie. Ek moet eenvoudig hier deur.

V:  *Meneer Evans, ek gaan nou vir u 'n persoon in die galery uitwys. Ken u die dame in die agterste ry op die punt aan die regterkant?*

Die banke kraak soos almal omdraai en na die verbaasde Anita Klomp kyk.

*Hof: Kan die dame asseblief staan?*

Anita se glimlag is weg. Die stilte is oorverdowend.

A:  *Nee, ek ken haar nie.*

V:  *Nog nooit gesien nie?*

A:  *Nee.*

V:  *Haar naam is Anita Klomp.*

A:  *Ek sê vir u sy is vir my 'n vreemdeling.*

V:  *Goed. Hier is 'n verdere foto wat in die koevert was. Is dit u en Anita Klomp wat laggend by Rousers uitstap?*

A:  *Dit kan toeval wees. Ek ken haar nie.*

V:  Wéér toeval?

A:  Ja.

V:  Dis Rousers op hierdie foto, nè?

A:  Ja.

V:  U besigheid?

A:  Ja.

V:  Dis u op die foto, nè?"

A:  Ek stry nie.

V:  En die een saam met u is die dame wat nou daar in die galery opgestaan het?

A:  Lyk so.

V:  Dis baie duidelik sy, is dit nie so nie?

A:  ... Goed.

V:  Wat is dit dat u nou so sukkel om te antwoord?

A:  Ek dink eers. U gaan te vinnig.

Ek sien verskeie glimlagte op die persbank.

V:  Kom ek vertel u meer van hierdie vreemdeling. Anita Klomp het ons regspan aktief bygestaan om inligting teen u te probeer inwin vir hierdie saak.

A:  Téén my?!

V:  Ja. Om vir die hof te toon dat u verantwoordelik was vir Klaus Erasmus se dood.

Evans skud sy kop. Hy kyk weer op na die galery.

A:  Dis deel van haar act. Sy speel julle soos puppets on strings ...

Ek wag. Dit voel vir my daar gaan nog kom.

A:  Sy het as 'n gesellin by Rousers gewerk.

Daar is 'n harde reaksie deur die publiek. Totale verbasing. Soos 'n dubbele bekentenis. Dat hy leuenagtig is én dat sy 'n foonsnol is.

Ek probeer my skok wegsteek. Dis moeilik. Ek byt op my lip. My stem klink vreemd.

V: *So, u ken haar wel?*

A: *Ja.*

V: *U het netnou, onder eed, gejok toe u gesê het dat u haar nie ken nie?*

A: *Ja, want ek het nie geweet dat sy my gedrop het nie.*

Hy gluur in haar rigting en skud sy kop.

V: *Waarteen wou u haar beskerm?*

A: *Die toeris wat in Rousers vermoor is, Louis Bennard, is haar pa.*

Chaos bars los in die hof. Persmanne val amper oor mekaar om uit die ou juriebank te kom. Hulle sien groot voorbladopskrifte.

Die galery zoem soos 'n byekorf. Harder en harder.

Regter Smuts praat, maar is onhoorbaar. Hy lyk moedeloos. Hy probeer iets vir sy griffier sê en stap dan uit die hof uit.

Dis asof die publiek skrik en tot bedaring kom. Sy griffier kondig in 'n bewerige stem aan dat die hof eers ná die etensuur sal hervat.

Die Babelse gebabbel tel weer vinnig spoed op.

# 4

## ETENSPOUSE
## EDWARD CROSS

Ek bestel vir my en Danie toebroodjies en tee om in my kamers te nuttig.

"Hell hath no fury like an advocate scorned, Edward."

Hy lag vir sy grap.

Ek voel eerder gekwes. Die een verrassing na die ander. Van my stimulerende gespreksgenoot tuimel sy tot betaalde gesellin status. Van 'n kamstige kampvegter vir geregtigheid na 'n swygende ooggetuie by haar pa se moord.

Sy het my gekrap met katnaels. Ons is misbruik deur haar versweë doelwit.

Onkuise feeks.

Danie breek my gedagtegang. "Ek het haar studies nagegaan by die Universiteit van Gent. In Engels is dit Ghent. Oor baie jare het sy keer op keer met lof geslaag. 'n Wye veld van regsvakke gekombineer met sielkunde. 'n Akademiese uitblinker."

"'n Praktiese foonsnol en aktrise *par exellence*."

Sonder om te klop stap Anita by my kamers in. Ek is oorbluf. Ek kom vinnig op my voete. Beide ek en Danie is onkant betrap. Momenteel is ons sprakeloos.

Sy kyk nie na ons nie.

Sy begin haar papiere van my boekrakke af verwyder. Sy stapel dit op my lessenaar.

Dan kyk sy na ons. Haar poging om te glimlag faal. Haar mondhoek bewe. Sy lyk na aan trane, maar onderbreek die ongemaklike stilte met 'n stadige handeklap. 'n Sinistere applous.

Dan weer 'n stilte. Haar stem klink onvas.

"En daar vang slim sy baas. Jou kruisondervraging haal my toe in."

Ek ervaar 'n jammerte vir haar. 'n Vreemde gevoel. Ek bly spraakloos. Sy kyk my in die oë. "Nou het gebeur wat ek gevrees het. Jy het my lot bepaal. Jou ondervraging het my poppe se toutjies geknip, want nou het jy my amptelik die doodsvonnis opgelê. In jou poging om te verras en kwaad te maak, het jy die duiwel ontketen. Nou is ek, danksy jou, die teiken van hierdie sneller behepte spul. Die skietbefokte gespuis."

'n Skuldgevoel spoel deur my. Ek staan op; wys sy moet sit en bied vir haar tee aan.

Sy bly staan en weier die tee.

Danie red die ongemaklikheid: "Vertel ons jou ware verhaal, Anita."

Sy staan roerloos. Dis asof sy oorweeg of ons dit waardig kan wees. Sy sluk.

Sy vertel 'n verhaal van seer en smart wat vir beide Danie en my diep roer.

"Die vermoorde Louis Bennard was my stiefpa. 'n Skatryk, wispelturige man wat nooit kinders van sy eie gehad het nie. Danksy my moeder het hy my studies in België en later hier aan Universiteit Kaapstad befonds. Sy dubbele lewe het hom egter ingehaal. Ek was al in Kaapstad toe hy en my moeder geskei het. My befondsing het oornag opgedroog.

"My lewenslange ambisie was op die rotse. Verskeie aansoeke om beurse en lenings was onsuksesvol. Ek moes 'n manier vind om myself te finansier. Ek het uitgespring en 'n kelner by die Waterfront geword. Dis hoe ek advokaat Klaus Erasmus ontmoet het. Ek het hulle tafel bedien. Charlotte sal my nie onthou nie.

"Die volgende dag het Klaus my werksplek gebel en sodoende my kontaknommer bekom. My indruk was dat Klaus meer as een buite-egtelike verhouding gehad het. Dit was vir hom soos 'n vreemde spel. Hy wou kyk waar hy kon 'score'. Hy wou wen. Verower.

"Mans is eienaardige kreature. Hulle sien vroue as speelballe vir plesier. Emosieloos. Hy wou my op sy 'scorecard' kry. Ek het hom van my finansiële verknorsing vertel. Op daardie stadium sou ek uit my woonstel moes trek om in 'n kamer iewers te gaan bly. Klaus wou nie daarvan hoor nie en het my maandelikse huur direk aan die verhuurder betaal. Ons het 'n vaste afspraak vir Dinsdae en Donderdae na werk gehad.

"My teenprestasie was my lyf. Benewens my verstand was dit my enigste bate. Dit het egter my inkomste as kelnerin verminder. Ons het uitsluitlik vir fooitjies gewerk. Dis 'n harde skool daar buite.

"Na baie wroeging het ek 'n advertensie in die koerant geplaas. Ek het my lyf teen vergoeding adverteer. Dit was lonend, maar baie gevaarlik. Mans met snaakse sadistiese strepe het na my woonstel gekom.

"En dis hoe ek Andrew Evans ontmoet het. Hy is slu en gewetenloos, maar magtig. Jou foto sal die ergste in hom ontketen. Hy voel kwaad en verneder. Hy sal my sonder huiwering van die gras af laat maak. Pleks jy my net eers daaroor gevra het. Staak asseblief jou verdere ondervraging van hom.

"Ek móés oor hom swyg. Ek moes hom liewer op 'n veilige afstand probeer seermaak. Die besitlike Andrew Evans het my laat dophou. Hy het my as sy eiendom toegeëien. Ek moes elke aand by Rousers aanmeld. Toe vind hy uit van my en Klaus. Klaus het vreemde kliënte gehad. Alles het mooi vir Andrew inmekaar gepas. Ja, meng jou met die semels en die varke vreet jou."

Ek merk Danie maak aantekeninge. Hy lyk simpatiek en gretig om te help.

"Anita, ons moet vir jou 'n beskermingsbevel bekom teen Evans."

"Dankie, Danie. Jy weet so goed soos ek dat die bevele nie die papier werd is waarop dit staan nie. Moordenaars word nie deur 'n velletjie papier van stryk gebring nie. Ons kan nou net skadebeheer probeer toepas. Probeer hom liewer kalmeer."

Ek nader haar simpatiek en versigtig.

"Watter bewys het ons dat Evans vir Klaus Erasmus laat vermoor het?"

"Seker te min vanweë die prosesstelsel wat ons howe toepas. Dinge het reeds in die strafsaak begin skeefloop met Charlotte se verrassende getuienis oor die paadjie bo Evans se linkeroor. Binge se kruisondervraging daarna was katastrofaal. Klaus het vir my genoem dat Evans 'n baie veeleisende kliënt is. Ek sou dit kon beaam.

"Klaus het genoem dat Evans 'n taktiese spel gespeel het om getuies se geheues te laat vervaag. Hy sou voortdurend aansoek om uitstel doen. Hy teer op mense se geheues wat parte speel en dan desperate spronge maak om regverdigheid te probeer kry. Soos Charlotte Erasmus.

"Klaus het gesê Evans is 'n meester om geregtigheid uit te buit. Evans het my aanvanklik betaal om saam met hom en ander by Rousers drankies te drink. Hy het gesê ek is 'n goeie lokker van meer intelligente mans en dat ek stimulerend kon gesels. Dis waar ek advokaat Archie Bembe ontmoet het. "

Sy merk die verbasing op my en Danie se gesigte. Sy raak meer aanvallend. "Ek wil hê julle moet een ding baie duidelik besef. Géén prostituut geniet haar werk nie. Ons doen dit omdat ons moet. Ons doen dit omdat ons geen ander keuse het nie.

"Baie mense word met swak hande gedeel. Pokerspelers weet hoe om te bluf. Jy kan óf vou, óf jy kan jou hand speel na die beste van jou vermoë. Evans het vir my 'n werksgeleentheid aangebied by Rousers. Dit was veiliger daar. Klaus het nooit hiervan uitgevind nie.

"Ek en Archie Bembe het mekaar gereeld by Rousers gesien. Evans het in die hof gelieg. Hy ken vir Archie baie goed. Archie se huweliksontrouheid het hom nooit gepla nie. Hy het gesê selfs 'n vorige president van ons het vele vroue en dat dit as 'n teken van rykdom vertolk word.

"Archie het my vertel dat iemand hom afpers met foto's van intieme momente wat by Rousers geneem is. Dit was van my en hom in daardie hokkies. Archie het gedreig dat hy polisie toe sou gaan. Ek dink die afperser was verras. Ek is oortuig dat net Evans so 'n slinkse dubbele inkomste sou wou skep. Maar asseblief, moenie vir Evans hieroor ondervra nie. Hy sal beserk gaan."

"En jou stiefpa se besoek?"

"Hy het my gekontak. Ek het hom vertel dat ek moes daal tot die status van gesellin om aan te hou studeer. Hy het dit vreemd verwerk. Vir my gesê dis uitstekende lewenservaring. Hy het gesê dat hy eendag daarvoor sou opmaak.

"Hy wou my by my werk kom besoek. Wou seker my geloofwaardigheid kom toets. Ek het vir Evans van die voorgenome besoek vertel. Sy reaksie was verstommend. Hy het soos 'n besitlike vadersfiguur geword en my teen sy potsierlike lyf vasgedruk. Gesê dat hy reg sou laat geskied.

"Bennard daag toe op by Rousers. Hy het gou sy kleur gewys. Demetri Cavallas het hom totaal begogel. Hy het meer met Demetri gesels as met my. Julle ken die res van daardie bloederige sage.

"Ek het my nooit laat betrek by die moordondersoek nie. Dalk skaam. Dalk bang vir Evans. Dalk skrikkerig dat Sykes Vermeulen 'n verwantskap tussen my en Louis Bennard mag ontdek. Dis nou te sê as hy die tyd daarvoor kon vind.

"Ek dink Bennard se dood is die werk van Evans se sluheid en sy idee van straftoemeting. 'n Pa wat sy kind in die steek laat en van haar 'n prostituut maak, moet gestraf word.

"Archie Bembe was die aand van die moord ook daar. Hy het vir Evans verdink. Hom glo die krag sien afskakel."

Danie hang aan haar lippe. Sy het die vermoë om mens te boei. Amper te hipnotiseer. Hy por haar aan: "Dis waar Fred Cohen die toneel betree."

Haar glimlag is terug.

"Ja, Danie. Fred Cohen, 'n deeglike en toegewyde advokaat. Hy het gereël dat 'n vriend van hom foto's neem. Ek dink die ou was eers 'n privaatspeurder. Alhoewel dit ná die moord was, wou Fred getuies probeer vind.

"Fred kry toe 'n foto van Archie Bembe en Evans wat by Rousers uitgestap kom. Fred maak die fout om vir Bembe die foto te wys en begin Bembe uitvra oor sy betrokkenheid by die klub, asook oor die aand van die moord.

"Hoe Bembe reageer het, is onbekend. Wat Bembe presies vir Evans vertel het, is ook onseker. Wou Bembe dit weghou van Sylvia? Wou Evans alle moontlike lekkasies stop? Nietemin, Cohen en Bembe word afgemaai en stilgemaak.

"Ek was bang. Gaan ek na die polisie, sou ek binne 'n paar dae met 'n kopskoot verwyder word uit die gemeenskap.

"Selfs briefies aan kolonel Sykes Vermeulen sou lewensgevaarlik wees vir my. Dis nou indien hy daarop sou reageer. Ek moes, op 'n veilige afstand, my poppespel speel. Sodoende kon ek vir Evans skade aanrig. Ek moes hom skuldig kry aan Klaus Erasmus se moord. Ons moes veg teen hierdie onbillike akkusatoriese stelsel van julle waar 'n moordenaar net kan swyg. Charlotte moes ondersteun word. Sy moes, nadat die regstelsel haar gefaal het, ten minste in hierdie hof voldoende vergoeding ontvang. My regsgevoel skreeu daarvoor.

"So, haat my maar. Vind my verfoeilik, maar ek moes julle ook gebruik as my marionette. Julle was nie toevertrou met die agtergrond van my onkuise lewe nie. Die waarheid was selektief aan julle, deur my, verskaf, want my lewe was op die spel.

"Ek wou my skuldgevoel teenoor Charlotte Erasmus salf. Ek moes my kennis en vuil vernuf gebruik om te probeer bewerkstellig dat sy vergoed word vir die enorme verliese.

"Ek vermoed dat Fred Cohen se fotograafvriend geregtigheid gaan soek het deur van die foto's vir Almero Beukes te laat kry. Die prof voel soos ek oor die leemtes in ons howe se proses in Suid-Afrika.

"Danksy kolonel Max Kriegler se Molteno-vonds is julle nou nader aan die waarheid met jul kruisondervraging. Die foto's het almal verras. Ongelukkig beteken jou kruisondervraging mý swanesang. Die koeël is deur die kerk.

"Ek hoop julle wen julle saak en dat Evans sal opdok vir die skade. Al gaan dit dalk baie lank neem. Die stelsel moet julle net nie faal nie."

Sy neem haar pakkie papiere op my lessenaar. Ons oë vang mekaar net vir 'n oomblik. Dit is inderdaad 'n vreemde vaarwel. Ek het haar uitverkoop. Haar op die brandstapel geplaas.

Ek het nooit besef my ondervraging sou haar intiemste lewensgeheime openbaar maak nie. Ek sou al my vrae wou terugtrek. Uitvee. Weg wens.

Die skade is onherstelbaar. Haar reputasie is vermink deur my slimmighede. Haar lewe is verwoes. Nog 'n statistiek deur my geskep.

"Ek is so ontsettend jammer, Anita. Dit het so anders uitgedraai."

Sy swyg en stap uit.

Danie sit met sy oë toe. Dit lyk of hy 'n skietgebed vir haar gee.

Hy lyk bekommerd.

"Ek het haar só sleg behandel, Edward. As ek net geweet het van haar hartseerstorie en dat sy op haar manier vir Evans wou terugkry en dit oor vergoeding vir Charlotte gaan. Wat is jou indrukke van haar verhaal?"

"Ek probeer al die verrassende feite absorbeer. Haar stiefpa, Louis Bennard, word vermoor waar sy as foonsnol werk. Sy meen die besitlike Evans speel 'n rol hierin om sy gevoel van geregtigheid te illustreer.

"Sy het Bembe intiem geken en so ook vir Erasmus. Sy gee verdere skietgoed vir ons om Evans se geloofwaardigheid verder aan flarde te ruk, maar sy pleit dat ons die kruisondervraging moet staak, want dit sou haar dood beteken."

"Sy lyk opreg bang en aangedaan, Edward."

"Waar trek ons die lyn? Evans is nou reeds vir haar baie die bliksem in omdat sy ons gehelp het."

"Ja, maar dalk is dit nog nie wat Evans sal laat moor nie, Edward."

"Kan 'n mens 'n instruksie van 'n buitestaander neem waar ons vir Charlotte Erasmus optree?"

"Ek kry haar jammer en sou haar graag wou help. Dalk het regter Smuts nou genoeg om Evans te sink."

Ek maak vinnig 'n bestekopname in my kop.

"Ek is nie so seker daarvan nie, Danie. Hy het 'n paar ontwykende antwoorde gegee; hy het gejok oor of hy Anita ken; sy getuienis omtrent Bembe is verdag ... Ek dink nie ons is al dáár nie. Anita as prostituut mag ons skok, maar regter Smuts kan dit teen haar hou."

"Wel, dan gaan ek as jou opdraggewende prokureur die besluit maak. Ek wil hê jy moet ophou met jou ondervraging. Ons kan 'n lewe spaar daardeur."

"Jy verbaas my, Daan. Jy's die een wat my gewaarsku het teen die vrou en nou wil jy haar beskerm, dalk ten koste van weduwee Charlotte Erasmus."

"Ja, my regsgevoel lei my. My gewete pla my. Ek het haar totaal verkeerd gelees. Staak jou ondervraging. Dit is 'n opdrag."

My ontvangsdame klop sag. Sy loer versigtig in.

"Jammer om te steur. 'n Meneer Vaatjie Smith het hierdie vir u afgelewer terwyl u in konsultasie was. Hy sê u moet dit lees voordat u terug hof toe gaan."

Dit is 'n lang wit koevert.

# 5

## OMKEER
## EDWARD CROSS

Die koevert bevat bankstate van Nieuw Bank in Gent, België. Dit blyk Anita Klomp se rekening te wees. Dit het 'n enorme batige saldo in euro's. Die name en rekeningbesonderhede van al die begunstigdes verskyn by die groot uitbetalings wat gemaak is.

Dit vertel 'n baie vreemde verhaal. Ek wil weier om te glo wat ek sien.

Ek is deur soveel emosies tydens Evans se kruisondervraging. Liefde vir haar wat begin bloei het. Toe haat vir haar. Soos bloeisels wat verwelk. Toe my gretige wraak op haar om haar seer te maak. Toe my innige spyt, nadat ek haar sy van die storie gehoor het. My apologie.

En nou ... 'n emosie wat ek sukkel om te omskryf.

Teleurstelling in myself. Dat ek so maklik kon val vir haar toneelspel wat net geen einde het nie. Teleurstelling dat ek die marionet was met die geknipte toutjies wat weer deur haar aan die slierte 'n nuwe spel laat speel.

'n Dom, oorgretige marionet.

Bereid om gemanipuleer te word. Vlakkop. Kortsigtig.

Sy het dit wéér gedoen. Weer reggekry. Dis 'n eienaardige bewondering wat ek vir haar koester. Hoe sy my, en selfs Danie hierdie keer, uitoorlê het. Alles deel van haar spel om haar sin van geregtigheid af te dwing.

Sy het so oortuigend my hart laat bloei vir haar. Nou blyk dit ek het haar alles behalwe die doodskoot laat kry. Sy wil die leemtes in ons stelsel aan die kaak stel. Haar tesis het 'n onverstaanbare agenda. Sy wil 'n groot deel van die wêreld se regstelsels teen mekaar afspeel met praktiese illustrasies van ons tekortkominge. Of is ek weer verkeerd?

Dis tyd dat sy boet vir haar bedrog.

# 6

Daar is 'n meer gewyde atmosfeer in die hof. Ek kyk terug. Anita het weer haar plek ingeneem. Eleanor Smith sit langs die jong man. Sou dit Vaatjie Smith wees? Dis asof haar plek vir haar bespreek is. Sylvia en Elaine is in 'n gesprek. Langs Sylvia sit 'n dogter in skooluniform.

Agter die dames sit Almero Beukes. Hy draai in Eleanor se rigting. Sy knik vir hom.

Ek kyk na Charlotte. Sy is duidelik op haar senuwees.

Die persbank lyk voltallig en skryfgretig.

Regter Smuts kom in. Hy spreek die hof toe en benadruk dat hy nie sal skroom om die verrigtinge voort te sit sonder die publiek se teenwoordigheid nie. Nou kan 'n mens amper 'n speld hoor val.

Die regter bevestig Evans se eed en stel my aan die woord.

> V:  Meneer Evans, hoe sou u u verhouding met Anita
>     Klomp beskryf?

Hy lyk verbaas.

A: *Ek verstaan nie mooi wat u bedoel nie? Ek sou dit beskryf as 'n normale werkgewer-werknemer verhouding.*

V: *Sy as die werknemer en u die werkgewer, of andersom?*

Regter Smuts kyk op voordat hy sy aantekening hervat.

A: *Ek weet nie waarop u sinspeel nie. Sy het vir my by Rousers gewerk. Ek was haar werkgewer.*

Die hof is doodstil in afwagting.

V: *Het sy u ooit betaal?*

A: *Nee, haar kontantwerk tuis was vir haar eie sak.*

V: *U het nooit enige betaling van haar ontvang nie?*

A: *Ek het dit reeds beantwoord. Sy's 'n student. Studente het nie geld nie.*

V: *Wat kan u vir ons vertel van haar stiefpa, meneer Louis Bennard? Die vermoorde wat u voor die verdaging vir ete skielik onthou het.*

A: *Niks. Dis haar privaatsake.*

V: *Was hy nie een van België se rykste mans nie?*

A: *Ek weet nie. Ná sy dood het ek eers verneem dat hy baie welaf was.*

V: *Het u nie indirek mildelik in sy rykdom gedeel nie?*

A: *Nee.*

V: *Kom ek toon Anita Klomp se bankstaat aan u.*

Advokaat Binge kom kopskuddend op sy voete.

"U Edele, met alle respek, hierdie ontaard in 'n trial by ambush. Geen bankstate was as bewysstukke ingedien nie. Ons word keer op keer verras en benadeel ..."

Regter Smuts: "Kom ons kyk eers daarna ..."

Advokaat Binge: "Maar, u Edele, dit is juis my punt. U wil nou kyk na iets voordat ek instruksies daaromtrent kan kry."

Regter Smuts: "Advokaat Cross wat het u hieromtrent te sê?"

Ek verduidelik dat blootlegging van die bankstate on-moontlik was en dat dit tydens die etenspouse in ons besit gekom het. Ek benadruk dat dit in belang van reg en geregtigheid is om die getuie se kommentaar daarop te kry.

Voordat ek my argument voltooi, onderbreek die regter my.

"Ek gaan dit toelaat as 'n bewysstuk. Ons kan later meer tyd hierop spandeer. Meneer Evans, u kan die vrae hierop antwoord. Gaan voort."

Die regter neem die state onder oë.

"Soos dit u behaag, u Edele."

V:  Die state blyk te wees van die Nieuw Bank in Gent, België. Stem u saam?

A:  Lyk so.

V:  Die rekening is in die naam van Anita Klomp. Met transaksies oor 'n tydperk van meer as drie jaar. Die saldo is deurgaans besonder sterk.

A:  Ja. Ek is verbaas. Sy het as student dus oor miljoene euro's beskik; selfs voor haar pa se dood.

V:  Merk u die oorplasing op bladsy 7 na die rekening van Rousers in Groenpunt, Kaapstad vir 'n miljoen euro?

Hy lyk ongemaklik. Hy kyk vlugtig op in Anita se rigting.

A:  Ek het dit ontvang.

V:  Waarvoor was die betaling?

Hy skud sy kop.

A:  U Edele, moet ek dit beantwoord? Dis ons privaatsake ...

Regter Smuts kyk hom streng aan; "U moet dit beantwoord, meneer Evans. Dit is 'n billike vraag."

A: *Dit was vir regskoste.*

V: *Dit klink na besonder baie geld vir regskoste. Vir watter sake was dit?*

A: *My regskoste in die moordverhoor. Onder andere vir my regspan hier.*

V: *Meneer Evans, verskoon my. Dit klink dalk snaaks, maar vir watter moordverhoor of verhore?*

A: *Die een waarin advokaat Klaus Erasmus sou optree.*

V: *Kom nou, meneer Evans, u huidige regspan het nie in daardie verhoor opgetree nie, dit was advokaat Isaacs van Johannesburg.*

A: *Ook waar ek van moord op advokaat Klaus Erasmus aangekla was.*

V: *Ja, en nog?*

A: *Ook die regskoste vir Demetri Cavallas vir die moord op haar pa.*

Die publiek sukkel nou om hul stilswye te handhaaf. Dit klink soos kinders agter in 'n skoolbus.

V: *Ja, nog sake. Siviele sake?*

Hy lyk moedeloos.

A: *Vir hierdie saak ook.*

Weer 'n ritseling deur die galery.

V: *Die geld klink stééds te veel, meneer Evans. Kom ek probeer dit opsom. Sê vir my waar ek fouteer?*

A: *Goed.*

V: *Sy betaal u vir u regskoste waar u teregstaan op u vrou se moord?*

A: *Korrek.*

V: *Sy betaal vir advokaat Fred Cohen se plaasvervanger in Demetri Cavallas se verhoor?*

A: *Ja.*

V: *Sy betaal u koste in die verhoor waarin u aangekla was vir die moord op advokaat Klaus Erasmus?*

A: *Dis reg.*

V: *En sy betaal ook nou vir u regskoste in die verhoor wat Charlotte Erasmus teen u ingestel het?*

A: *Ja.*

V: *Maar dit is te veel geld. Waarvoor het sy u nog betaal?*

Weer kyk hy op na Anita en krap agter sy oor.

A: *Ek was vergoed om deel te hê aan haar doktorale tesis.*

V: *Sjoe. As wat?*

A: *Dis ingewikkeld. Sy voel baie sterk daaroor dat skuldiges te maklik loskom. Soos ek verstaan gaan haar tesis opspraakwekkend wees. Sy gaan aantoon dat Suid-Afrika en selfs Amerika en ander lande se hofstelsels as prosesstelsels oneffektief is. Sy is passionate hieroor. Sy het die geld om dit te bewys.*

V: *Baie interessant. Wat noem sy, of julle, hierdie doktorale tesis?*

A: *Die leemtes in die Suid-Afrikaanse regspleging.*

V: *So, wat is u rol in hierdie verstommende verhaal? Ek moet sê, u klink soos 'n ander getuie wat getuig.*

A: *Ek vertolk die rol van die beskuldigde of verweerder. Die crook. Die slegte ou. Die een wat die publiek agter tralies wil sien, maar wat ons weet nie sal gebeur nie. Die court procedure favours the villain. Sy het baie sulke illustrasies om haar argument te back. Sy sal die hof beter kan vertel met haar groot woorde. Alles is tog nou uit.*

V:  *U vrou se moordsaak. Wat moes u doen?*

A:  *My vrou het selfmoord gepleeg. Dit was anders as die ander gevalle. Ek dink sy het gedink ek is skuldig.*

V:  *Hoekom sê u anders as die ander gevalle?*

A:  *By die ander gevalle was sy meer betrokke.*

V:  *Meer as geldelik?*

A:  *Ek dink so.*

V:  *Verduidelik Klaus Erasmus se moord vir my meer spesifiek.*

A:  *Ek het wel in die hof gelieg. Ek was die aand voor sy dood inderdaad by sy huis om voor te berei. Ons het 'n rusie gehad, soos Charlotte Erasmus getuig het, maar ek sweer ek het niks met die volgende oggend se skietery te doen gehad nie. Anita weet dit.*

V:  *Wie reken u het vir Klaus laat skiet?*

Hy kyk op na haar. Daar het 'n ommekeer plaasgevind. Dis asof hy iets swaars van sy gemoed wil kry.

A:  *Ek sê nie dis sy nie, maar ek het my suspicions. Alles het net té goed ge-dovetail dat dit soos ek moet lyk. Dit pas in op haar skema. Ek, die bad guy, kom los in die hof. Nou kan sy slapgat speurders, vrot polisiemanne en eventually die criminal procedure van die hof blameer. Nog 'n skelm het losgekom. Dis presies wat sy wil hê.*

V:  *Het jy iemand wat jy verdink van Klaus Erasmus se moord?*

A:  *Ja ... Ek verdink haar wel. Sy is 'n komplekse mens. Ek het haar goed leer ken. Sy het altyd 'n hidden agenda. Alles te doen met haar gevoel vir justice. Sy kan nie ontroue mans verduur nie. As 'n man sy vrou verneuk, is dit so goed soos jy krap vir Anita in haar gesig. Ek het altyd vir haar gesê sy is soos 'n Black Widow-spinnekop.*

*She mates and then she kills. Ek sê nie dis sy nie. Sy sê ontroue advokate moet uit die professie uit, want hulle besmet geregtigheid.*

Die spinnekop lui by my 'n klokkie.
Ek besef hoe na ek aan my dood gekom het.

V: *Het sy en Klaus Erasmus 'n verhouding gehad?*
A: *Ek weet nie, maar hy het haar flat betaal en Dinsdae en Donderdagaande was sy nie by Rousers nie.*
V: *Iets klink vreemd. Sy haat ontrouheid, sy is skatryk, maar Klaus moet betaal en sy kry gunsies?*
A: *Soos ek sê, sy's complicated. Baie intelligent en met 'n vreemde agenda. Sy wil sleg uitroei met sleg en wag nie dat sleg gevang word nie. Ek wens sy kon self al die raaisels hier kom verduidelik.*

Iets wil begin bekend klink.

Haar intense ontevredenheid met ons akkusatoriese prosesstelsel in ons howe. Haar pleidooi vir die inkwisatoriese stelsel waar 'n beskuldigde nie kan swyg nie en 'n regter se vrae moet beantwoord.

Hoe ver was sy bereid om te gaan om beskuldigdes te laat opdok?

V: *En Fred Cohen, wie het hom laat skiet?*
A: *Ek weet nie. Ek weet wel dat ek ook hier onskuldig is. Ek dink iemand wou my op 'n manier frame. Hy het wel 'n afspraak met my gehad. Ek het vir Anita-hulle by die werk vertel. Toe word hy geskiet 'n dag voordat ons sou ontmoet. Die dagboek was vir ons nuus. Vreemd dat kolonel Sykes Vermeulen dit nie gaan soek het nie. Sy sal al Sykes Vermeulen se blapse seker ook in haar tesis vermeld.*

V:  *Wie vermoed u het vir Fred Cohen laat skiet?*
A:  *Dit sou 'n onbillike raaiskoot wees. Ek dink Fred het te naby aan haar stiefpa se dood begin rondkrap op soek na getuies en die waarheid. Die skietery van die advokate, so op 'n streep, is die soort publisiteit wat sy gesoek het.*
V:  *U het nou al 'n paar keer verskillende weergawes onder eed in hierdie hof vir ons vertel en erken dat u gelieg het. Waarom sal ons nou hierdie nuwe weergawe van u, van die unieke sameswering tussen u en haar, glo?*

Dit lyk of hy wil lag.

A:  *U het ons mooi teenoor mekaar afgespeel. Noudat ek sing soos 'n kanarie, nou wil u sekerheid hê?*
V:  *Ja, sê vir ons?*
A:  *Goed. Ek roep vir u as my getuie. Kom sê u vir die hof.*

Ek weet nie waarheen hierdie mag gaan nie.

V:  *U kan nie vir my vrae vra nie.*
A:  *U is bang, want u weet dit kan u seermaak. U wil my tot 'n leuenaar maak, maar vra vir uself hoe weet ek van die volgende drie goed ...*

Ek wil hom onderbreek, maar hy is te vinnig en ek is bang dit mag belangrike inligting wees. Ek moet sy spraaksaamheid benut.

A:  *Een, u het 'n pass na haar gemaak, toe vertel sy vir u van die swart knopiespinnekop ...*

'n Luide gelag gaan in die hof op. Selfs regter Smuts glimlag nou. Ek is sprakeloos. Dis asof ek nie vinnig genoeg my volgende aanval kan loods nie.

A:   *Twee, sy het vir u en meneer Nortjé 'n klomp bladsye gewys met pyle en name en sirkels en vraagtekens en suggesties. Sy het alles met my bespreek ...*

V:   *Meneer Evans, ek gaan u moet stop ...*

A:   *... Nee, wag nou tot ek klaar is; u wil my mos nie glo nie. Toe vra julle vir haar, ná haar lecture, of daar enigiets teen my is en toe sê sy loud en clear vir u dat sy niks teen my kan kry nie. Sy't vir u gesê dis óf Sykes Vermeulen, óf dis daai prof wat daar bo sit, professor Almero Beukes. Sê net vir my, is ek reg of nie?*

Almero Beukes is nou die fokuspunt van vraende kyke.

Hy word al hoe harder bespreek.

Regter Smuts: "Stilte. Ek het u gewaarsku dat ek nie sal huiwer om hierdie hof te laat ontruim nie."

Ek probeer vinnig op my voete dink. Dis soos 'n taai tameletjie. Hierdie woorde van Evans kan nooit ongedaan gemaak word nie. Dis die sterkste moontlike stawing van Anita Klomp se agterbaksheid.

Ek besef die skade wat Evans kan aanrig. Hy is nou soos 'n vasgekeerde beer. Hy wil veg om hier uit te kom. Die toneelspel is iets van die verlede. Ek soek 'n middeweg.

V:   *Meneer Evans, ek stem met u saam. Ongetwyfeld 'n dame met 'n agenda wat ek nie wil probeer definieer nie. Wat is u standpunt oor advokaat Archie Bembe se dood?*

A:   *Nog 'n advokaat wat haar gereeld gesien het by Rousers en ontrou is. Hy was baie benoud toe Fred Cohen hom met foto's van hom by Rousers se ingang konfronteer.*

V:   *Kom ons kyk weer na die bankstate en meer onlangse oorplasings uit haar rekening.*

Hy blaai deur die bladsye en lag hoorbaar.

A:   *Lyk vir my u en ek is nou op dieselfde bladsy. 'n Betaling aan Charlotte Erasmus in 'n bedrag wat ietwat hoër is as haar eis teen my. Sy het reeds haar geregtigheid laat geskied. Amper soos 'n bekentenis. Klink of ek nou 'n vry man is.*

V:   *So, Charlotte Erasmus is betaal om aan hierdie absurde toets deel te neem?*

Charlotte begin ongemaklik agter my kug.

Evans se taalgebruik verstom my. Sy toneelspel word ontmasker.

A:   *Ek weet nie wat Anita met haar ooreengekom het nie. Ek weet dat ek nie vir Klaus Erasmus laat doodmaak het nie.*

V:   *Waarom dan 'n prostituut word?*

A:   *Om invloedryke lede van die publiek te betrek vir meer blootstelling met die moordsake en die prominente uitslae daarvan.*

V:   *En haar stiefpa?*

A:   *Hy het haar aanbid. Sien haar as 'n wondermens. Ek dink sy het geweet sy is die enigste erfgenaam. Of was hy dalk té lief vir haar? Net sy sal weet.*

V:   *U het 'n waaghalsige spel gespeel. 'n Lang tronkstraf was u voorland?*

A:   *Ek het geweet ek is onskuldig. Die geld was baie goed en daar was nog baie. En dan natuurlik ook die waarheid van haar teorie. U weet hoe dit gaan. Polisiebesoedeling van tonele, swak ondersoekwerk. Uitstel op uitstel. Later getuies, soos Charlotte, wat oorgretig raak, dan lieg hulle. Op 'n manier haal ek my hoed vir haar af. Dis nou vir Anita.*

V:   *Hoe sou sy Klaus Erasmus se dood kon regverdig in haar tesis?*

A:   *Sy sou nie. Ek moes mos die moordenaar wees wat loskom.*

V:   *Merk u die oorplasings na rekeninge van Sylvia Bembe en Elaine Cohen?*

Hy knik sy kop.

A:   *Ja, ek het gesien. Die tafel was in gereedheid gebring vir nog groot sages. Ongelukkig vir haar, en dalk vir my ook, het hierdie saak se kruisondervraging 'n einde daaraan gemaak.*

Ek kyk terug om vir Sylvia en Elaine 'n afkeurende vuil kyk te gee. Beide kyk na hulle hande op hul skoot.

Dan sien ek vir Anita wat uitglip bo by die galery se deur.

Ek vang Danie se oog. Ek ken sy knik. Dit beteken dis genoeg.

V:   *Ek merk u werkgewer het die hof verlaat, meneer Evans?*

Die banke kraak soos almal wil terugkyk na Anita Klomp se leë sitplek.

A:   *Dalk goed so, want ek dink sy sou my in ieder geval gefire het.*

"Dankie, u Edele, geen verdere vrae nie."

Regter Smuts se glimlag spoor die mense aan. Hul begin spontaan handeklap.

# DEEL VYF

*In elk' grashalm se vou*
*blink 'n druppel van dou*
*en spoedig verbleek dit tot ryp in die kou.*

Eugéne Nielen Marais
1871–1936
Prokureur

# ANITA KLOMP

Die Adriatiese see is plat en veilig. Ek geniet my seiljag. Net groot genoeg dat ek dit alleen kan hanteer. Die Dalmatiese eilande bekoor my. Kol-kol, soos my hond wat ek as kind gehad het. Spotty het altyd saam met my en my stiefpa geseil.

Die boot het ek in Split in Kroasië gekoop. Ek wou wegkom. Ek het vars lug nodig. Ontvlugting. Die Kroate se kos is teleurstellend. Dit ontbreek aan kreatiwiteit. Soms smaakloos. Kaapstad het my bederf.

Waarheen is ek op pad? Nêrens. Ek gee toe dat seil toe nie die Utopia vir my opgelewer het nie, maar ek voel veiliger hier. Ek wil verken.

Toe Suid-Afrika op Vlak 3 na ongeveer 'n honderd dae van inperking een van die hoogste Covid-19-infeksiekoerse in die wêreld het, het ek reeds die rooi ligte sien flikker. Met die VSA, Indië en Brasilië boaan. Suid-Afrika het vir maande in die vyfde plek gebly.

Die swak publisiteit wat ek gekry het, na Andrew Evans se muitery in die hof, het my verplig om weg te kom. Intussen het die Universiteit Kaapstad vir my 'n brander geskryf. Toe ek jonger was, het ons dit 'n "bloupas" genoem. 'n Afsêbrief. Hulle wou 'n anderse sosiale afstand tussen my en hul akademiese aansien skep. My ontneem van jare se navorsing.

Waarna soek ek? Ek soek na geluk. Sedert 2012 het die Verenigde Nasies basies jaarliks 'n Wêreldgelukverslag gepubliseer. Meer as 150 lande word deur middel van die Gallup-meningsopname betrek. Verskeie faktore word in ag geneem om die stand van globale geluk te bepaal.

Opvallend is dat Finland reeds vir drie jaar as die gelukkig-ste land ter wêreld bevind is. So ook Denemarke. Onder die top lande is ook Noorweë, Switserland, Ysland en Nederland.

Wat is die relevansie hiervan? Een van die belangrike maatstawwe wat toegepas word, is die publiek se vertroue in die betrokke land se toepassing van wet en orde.

Nodeloos om te sê, Suid-Afrika haal nie die Top 100 nie. Korrupsie kelder ons. Ek verkies om steeds "ons" te sê. Ek wou dit so graag my gelukkige tuiste maak. Ons kan iets aan die publiek se vertroue in ons howe doen. Ons moet die prosesstelsel verander, soos ek so hard probeer illustreer het.

Ongelukkig het kruisondervraging my droom gekelder. Evans het 'n metamorfose ondergaan daartydens. Hensopper.

Moet ek beken? Het ek té ver gegaan? Voel ek te sterk in my strewe na geregtigheid?

Ek pleit onskuldig.

In Suid-Afrika is huurmoordenaars volop en goedkoop. Dis desperate mense wat hul gevoel en gewetens iewers verloor het. Beslis beskikbare wreedaards wat benut kan word vir 'n edel doel.

Moet ek verafsku word? Nadat my ma my vertel het hoedat my stiefpa haar aangerand het oor 'n lang tydperk was sy dae by my getel.

Ek was sy instop-kind. Asof hy 'n aflaat wou betaal vir sy sondes teenoor my ma. Ek was toegegooi onder geld. Hy het met my gespog en na my verwys as sy briljante kind.

Ek wou ervaar hoe arm studente leef. Hoe hulle moes werk en allerhande planne moes maak om geld te verdien. Ek wou soos een van hulle wees. Oorleef.

Dit is onjuis as iemand my sou vergelyk met die swart knopiespinnekop. Ek is nie 'n black widow nie. Spinnekoppe weet nie van ontrouheid, verneuk en ongeregtigheid nie.

Ek het nie loop soek na ontroue intimiteit nie, maar as 'n owerspelige my pad sou kruis sal ek die eerste een wees om meer as 'n klip te gooi.

In my soeke na normaliteit as kelnerin het Klaus Erasmus met sy telbordstelsel my pad gekruis. Selfvoldaan. Verneuksugtig. Probeer score. My probeer aftik as nog een van sy verowerdes. 'n Twyfelagtige trofee.

'n Ideale teiken vir my plan. 'n Opspraakwekkende moord. 'n Afstootlike onvergenoegde kliënt. Evans wat, volgens die publiek, sy vrou opgehang het. Evans wat enigiets vir geld sou doen.

Hy het veilig gevoel in Klaus se moordverhoor, want hy het geweet dat hy onskuldig is. Die publiek was hoogs ongelukkig met sy vryspraak. Arme Charlotte het al die blaam geneem weens haar oorgretige blaps.

Ek moes Charlotte vergoed. Ek het haar bron van onder-houd afgesny. Sy was nie deel van die fel van Klaus se doods-vonnis nie.

Ek het haar tuis besoek nadat ek deel was van Edward Cross se span, en verduidelik dat ek haar gaan vergoed. Sy was bereid om die saak teen Evans deur te sit, want ek het haar verseker dat sy die saak gaan verloor, al staan Edward Cross op sy kop. My voorspelling is toe bewaarheid.

Sou die uitslag van Evans se moordsaak anders gewees het met die inkwisatoriese prosesstelsel in sy vrou se moordsaak? Myns insiens sonder twyfel.

Onthou, die regter sou hom dan kon ondervra. Beide die verdediging en die staat sou as 'n span saam met die regter gewerk het. Hulle sou saamstreef om die waarheid te vind. Geen swygreg. Geen toedraai in watte nie. Geen gefluister deur 'n advokaat in 'n moordverdagte se oor nie.

Nie 'n vermoeiing van getuies wat male sonder tal die hof moet bywoon nie. Geen getuies wat moedeloos en oorgretig raak na hul geheues die bomenslike moet vermag nie.

Sou die inkwisatoriese stelsel Evans skuldig bevind in Klaus Erasmus se moordsaak? Ek dink nie so nie. Die waarheid sou wel uitgekom het. Dis egter 'n uitstekende praktiese illustrasie om die publiek se snaar vir geregtigheid te tokkel. Ek sou genoegsame publieke druk kon skep vir sowel regering as wetgewer om ernstig te herbesin oor die huidige patetiese stand van sake.

En Fred Cohen? Die antwoord is eenvoudig. Vra vir Archie Bembe. Beide van ons het 'n motief gehad om Fred stil te maak. Hy was net té effektief en kon alles in die wiele ry. Dis 'n klein prys om te betaal om te verseker dat my tesis as rigsnoer sal dien vir die korrigering van die Suid-Afrikaanse, Amerikaanse en uiters verouderde Engelse strafprosesstelsels.

Vaarwel Archie Bembe. Ontrou. In staat tot moord wat waarskynlik nooit behoorlik ondersoek en bereg sal word nie.

Vir verstaanbare redes het ek vir Sylvia en Elaine ruimskoots vergoed. Hulle sou met my plan saamwerk. Ek het beide tuis besoek en goed ingelig. Ek was skrikkerig oor Elaine Cohen se vermoë om die geheim te bewaar. Helaas, nou is alles tot niet. Ek word nou geag as 'n *persona non grata* deur Universiteit Kaapstad en gebrandmerk as 'n voortvlugtende moordenares deur die publiek.

Ja, Demetri Cavallas het my stiefpa se slagaar afgesny. Ek moes net bloot die mes so spoedig moontlik van die donker toneel verwyder. Kolonel Sykes Vermeulen het baie hieroor kopgekrap.

Sykes Vermeulen se diens, of liewer, poging tot diens, is onaanvaarbaar. Ek kan verstaan dat sy naam verskyn het op 'n lys in Almero Beukes se liasseerkabinet.

Ek haal my hoed af vir die prof en sy ondersteuners. Dit is nou regstellende aksie *par excellence*. Ek het moeite gedoen om een van die professor se klandestiene vergaderings by te woon. Aangrypend. Insiggewend. Juridies gefundeerd. Absoluut oortuigend.

Was die drie advokate reeds op sy lys, of het hy boekgehou? Fred Cohen was tog smetloos. Klink vir my dis meer 'n geval van boekhou wat verbandhou met Rousers. Maar waarom dan Klaus Erasmus? Hy het sy aftikwerk anders gedoen. Betaling was taboe. Dit sou té maklik wees.

Kan dit die professor se goedkeuring wegdra? Ek bewonder sy strewe na geregtigheid. Sy strewe na verbetering. Ten minste 'n poging om 'n keerwal in 'n gapende erosiesloot te gooi. 'n Elimineerder van mislukkings in die professie.

Ironies is dit die onregmatige beslaglegging van twee foto's deur Max Kriegler wat my droom laat kantel het. Sý diefstal het my droom gesteel.

Hoe bekom hulle my bankstate? Het die prof se manne my ondersoek?

Wat frustreer my? Dat ek nie die geleentheid gegun was om 'n verskil te maak nie. Suid-Afrika sal die land bly met die laagste lewensverwagting in die wêreld. Navorsing het bevind dat die uiters kommerwekkende statistiek toon dat persone wat geskiet word, die vernaamste oorsaak is vir ons hoogste moordsyfer in die wêreld buite 'n oorlogsone. Met ander woorde, net in 'n volskaalse oorlog gaan dit erger as wat daagliks in Suid-Afrika gebeur. Skokkend! Voorts is dit bevind dat hierdie verlies aan lewens voorkombaar is as 'n dringende intervensie kan plaasvind.

Myns insiens moet dit geskied deur vir ons howe en die regsproses tande en meer effektiwiteit te gee. Tans is ons stelsel misdadigervriendelik.

Ek benadruk: Die tragiese verlies aan lewens is voor-kombaar.

Die Minister van Polisie, Bheki Cele, het reeds in 2018 verwys na 57 mense wat daagliks vermoor word. Sy woorde was dat ons statistiek grens aan die van 'n oorlogsone. Kaapstad se Philippi was kop en skouers bo-aan die lys. Nou was dit al Delft en Khayelitsha ook.

Toe daar 'n tweede verbod op drankaankope ingestel was in Suid-Afrika, om meer plek in hospitale beskikbaar te verseker vir geïnfekteerdes, kon ek huil.

Duisende mense het hul werk verloor in die drankbedryf. Ek was my glasie Chardonnay kwyt omdat dronk mans hul vrouens mishandel.

Weereens was Suid-Afrika se verbod die enigste van sy soort in die wêreld. Ons probeer vreemde mylpale behaal. Onverstaanbaar.

Iets meer positief oor lewensverwagting. Ek beplan om óm die stewel van Italië te seil na die Tirreense see. Aan die suidweskus van Italië is die hawedorpie, Acciaroli. Dis een van vyf plekke in die wêreld wat die hoogste lewensverwagting het.

Dit stem ooreen met die eiland Okinawa in Japan. Geluksalig. Gesond. Veilig. Hul geheim is hul gesonde dieet van vis en groente en fisiese aktiewe lewens. Klink vir my asof effektiewe regstelsels hiertoe bygevoeg moet word.

Ek salueer die dames van Suid-Afrika. My vriendin in Stellenbosch, Elaine Cohen, Sylvia Bembe, Charlotte Erasmus, die gade van die verkragter. Sy was toe onskuldig bevind nadat sy haar man verskeie kere geskiet het.

Staan sterk en dankie vir julle hulp.

## EDWARD CROSS

Sy het vinnig en stil verdwyn. Sykes Vermeulen vermoed dat sy land uit is. Sal hy haar ooit opspoor? Ek twyfel. Sy is te slim. Slinks. Briljant.

Ek het gemengde gevoelens oor haar. Bewondering met afsku. Amper verlief, maar nou bly oor die afstand tussen ons. Bewondering vir haar intellek en toewyding. Afsku vir die wyse wat sy haar briljante standpunt wil tuis kry.

Ja, sy het my begogel. Asof sy my hipnotiseer. Sy kan ons regstelsel se swakhede so goed onderstreep. Sy het 'n uiters verkoopbare oplossing gehad.

Net té fanaties. Desperaat. Insig met kortsigtigheid. Wys, maar dwaas.

Ek verpes en verafsku haar omdat ek my so aan my neus laat rondlei het. Sonder 'n sweem van agterdog van my kant. Hook, line and sinker. Haar aas gehap en my laat inkatrol soos 'n simpel vis.

Ek bedank haar omdat sy my tot introspeksie gedwing het.

Martie was verbaas toe ek haar uit die bloute omhels en lank vashou.

Ek het 'n opgeskerpte sin vir waardes gekry. Ek waardeer meer wat ek het.

Ek is dankbaar.

# BRONNELYS

| | |
|---|---|
| Die Bybel | Deuteronomium; Jeremia; Openbaring |
| Du Toit, J. | Acciaroli Secrets: The Town with 30 Centenarians (Longevity). |
| Encyclo. NL | Nederlandse Encyclopedia Definities |
| Erasmus, D. | Ontslag van 'n beskuldigde na die sluiting van die vervolgingsaak: Openbare mening en die reg op 'n billike verhoor ingevolge die akkusatoriese stelsel. (LitNet). |
| Harms, L.T.C. | Demystification of the inquisitorial system. |
| Jansen, E.M. | Demografie-verslag: Afrikaanssprekendes meer as sewe miljoen teen 2013. (Maroela Media) |
| Malan, J | Die valse profeet |
| Oosthuizen, J. | Angus se profesie laat land gons (LitNet). |
| Oosthuizen, J. | Hofuitspraak oor Afrikaans by Unisa 'n ligpunt in 'n donker omgewing. |
| Pienaar, G. | Toon van den Heever 1894 – 1956 (LitNet). |
| R. v. Hepworth | 1928 AH |

Riger, D.          Die demografie van Afrikaans. (LitNet).

S.A. History on Line POQO in the Western Cape and Transkei in the early 1960's.

Suiderkruis        Vals Profete

Van Heerden, S     Uitdrukking: Derde keer (of drie maal) is skeepsreg. (Maroela Media)

Wikipedia:         Rosettastone; Molteno; Sexual violence in S.A.; die Spaanse Inkwisissie; Toon van den Heever

World Happiness Reports (Gallup)

# DIE SKRYWER

Herbert Raubenheimer is 'n senior advokaat en lid van die Kaapse balie. Hy was aanklaer, prokureur en advokaat vir 'n paar dekades. Hy het in drie afdelings van die Hooggeregshof waargeneem as regter.

Hy geniet fietsry, fotografie, skilder en liedjies komponeer.

Hy is vir 46-jaar getroud met Benita, 'n sielkundige in Tamboerskloof.

www.ingramcontent.com/pod-product-compliance
Lightning Source LLC
Chambersburg PA
CBHW020317200626
46814CB00006BA/2289